Q
版特工
梁科慶

Q版特工 40　同門
作者／梁科慶
策劃編輯／賴百樂
協力編輯／羅詠恩
美術設計／陳詩韻
插圖／ Milton Wong
出版發行／突破出版社
香港沙田亞公角山路 33 號突破青年村
電話：2632 0000　傳真：2632 0388
電郵：breakthrough@breakthrough.org.hk
網址：http://www.breakthrough.org.hk
http://www.btproduct.com
承印／海洋印務
2020 年 1 月初版 1 刷

Ah Wing, the Secret Agent 40: The Song of Sunset
by Leung For-hing
First Printing, First Edition, January 2020

Printed in Hong Kong
ISBN 978-988-8562-14-5

本書採用環保油墨印刷

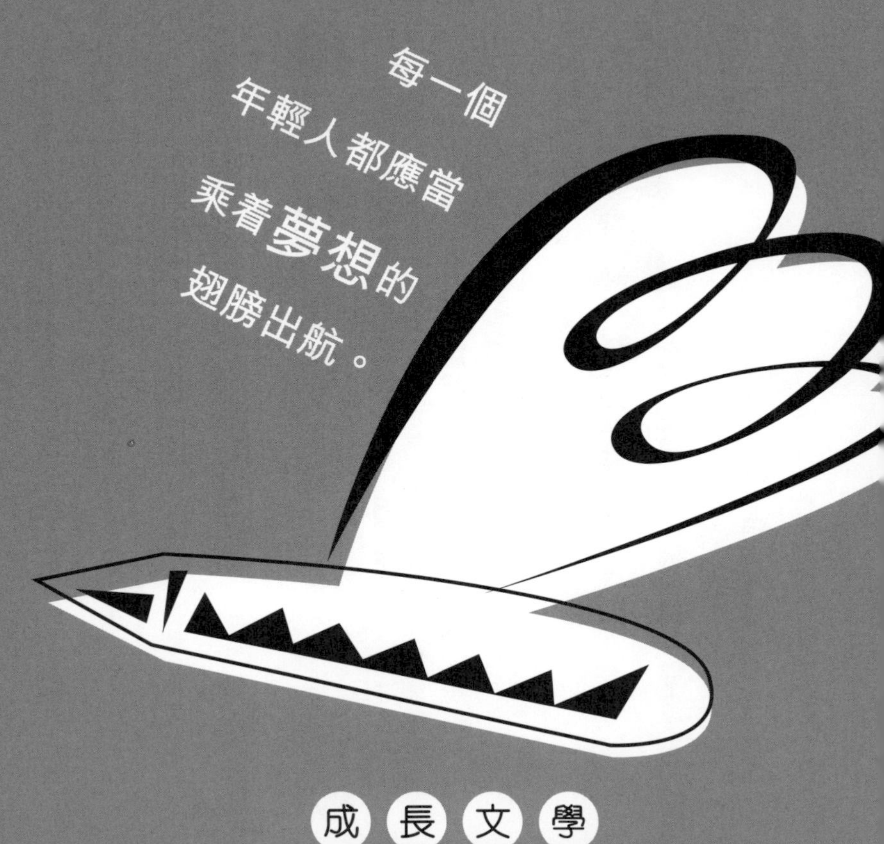

成長文學

目錄

序　文學路途的交、識、訪、嚇

蘇曼靈

或許是年齡，或許是世故，童話故事、校園讀物，早已在我的記憶中拉開若長的距離。接觸「Q版特工」，是去年梁科慶接受本人邀請做專訪，才開始全方位了解作者與阿Wing，並從此結緣……

《Q版特工 40　同門》，阿 Wing 一如既往地，集「智、勇、趣、好奇、正義」於一身。

科慶說：阿 Wing 是破案高手，卻不擅長處理感情問題。

但在此集，我看到阿 Wing 的成長，面對感情問題不再慌張。

此集有不少解構功夫與舞獅這種香港民間傳統表演藝術的着墨，在故事與情節推進的過程，帶出香港二十年前與今天的街頭小吃、舊時旺角街頭氣氛回憶與現況的對比，以及香港小市民的生活形態，譬如以下這段描寫：

「早上，如潮水般的上班族，一羣接着一羣的湧出地鐵站，扇形四散，沒入大街小巷，有些直接走進商業大廈，有些在外賣店、便利店選購簡單的早點。收集廢紙的公公婆婆把守地鐵站出口各個據點，等候乘客轉交看完的免費報紙，再綑成一大紮，蘸點清水增加重量，再賣給廢紙回收商，賺取十元八塊。漸漸取代郵差、但薪水仍差一大截的速遞員在地鐵內分發信件、包裹，負責派遞旺角區的，揹着沉重的布袋，由銀行中心出口走上地面，逐一進出彌敦道兩旁的商業大廈。與彌敦道一街之隔的西洋菜街，受聘於攤販的印巴裔工人陸續運來鐵筒、帆布，開始為攤販搭建『檔口』。總之，一日之計在於晨，消遣時盡興，工作時盡力，香港人不分膚色，不分藍領白領，都準時各就各位，開展辛勤的一天。」

這段文字描寫的畫面，真實地反映出旺角的清晨既忙碌又和諧。我們不難看出作者對民情的體察與悲憫。

閱讀的過程，恰好發生「反送中」運動的「元朗黑夜」事件，而書中也提及黑社會的權利鬥爭，當場景去到元朗時，不禁黯然。一直以來，我都在思考文學與政治的關係，作為一名寫作者，是否應該與政治保持一定距離，才可不被政治利用？我記起去年訪問科慶時的一些提問。

專訪內容摘錄：

蘇：一個有正義感，懂得反思，關愛社會的作者，遇到社會現象的各種不公，應該如何去發出正義的聲音？

梁：我當然有自己的價值取向及道德取向。我會批判社會，但不是大聲疾呼那一種。批判的方式多數以作品的方式隱藏在字裏行間，以文字發聲。作者有兩類：外露的和隱藏的。我屬於後者，我和我的作品都是。我的作品常有普羅大眾關注的議題，包括各種社會問題、民生、公義、人權、環保、戰爭等。我的處理是提出問題，羅列正反意見，盡量隱藏立場，透過角色人物與讀者一同思考，最終的選擇交給讀者自決。特別是寫兒童或青少年讀物，更加不應該過分突出作者的觀點，過分主導讀者，這樣的作品會流於說教。

蘇：如果有記者或朋友當面問及你時下一些敏感的政治問題，作為公務員和本港有影響力的作者，你會如何應答？

梁：我只是政府這個龐大機構裏一個小職員，對於政策或者決策過程，所知甚微，沒資格代表官方發言。同時，作為公務員，我的公開言行要遵守公務員條例，這是聘用與受聘之間的規範，舉個例子，我每出版一本書，事前要向部門申報，作出一些承諾，如不動用辦公室資源、不妨礙職務等，其中一項是出版物不會令政府尷尬，可想而知，我不得不小心，違反條例，沒人可憐。另外，這個社會太兩極化，網絡或媒體偏向誇大負面，我不希望梁科慶站在天秤任何一端，引起誤會，更不希望自己的言論被歪曲，被無限放大。所以公開回應敏感問題，我或選擇不答，當然視乎那是什麼問題。當然我不是麻木不仁，我有其他的處理方法，例如，我將會有一本新小說出版（天地圖書出版），我將圖書館學理論和圖書館現象融入小說，其中一篇小說叫「二級不雅」，取材於村上春樹的小說被評為「二級不雅」的新聞，從另一個角度，以文學的手法，反映和批評社會的現象，不選擇謾罵。

（訪談提到的「新小說」書名《圖書館猜情尋》，2019年3月初版）

序

從以上訪談摘錄，不難看出科慶的赤子之心。熟悉科慶作品的讀者清楚，科慶喜透過幽默輕鬆的文字，捕捉不同時代的社會問題，將其扭曲變形，作為背景與情節要素揉入小說，牽動讀者視線與記憶之餘，並帶出思考。

譬如：《玩命交易》、《從陰間來的 E-mail》、《叛逃》……

很多作者刻意避談政治，甚至政治冷感。任何時代，政治、經濟與人文均相互影響。心懷悲憫，客觀看待政治與時事，揭露社會、人性的不公與陰暗面，以文字塑造具有代表性的人物，激起讀者反思，此為寫作之基本良知。

不知諸君此刻是否和我一樣，腦海中盤旋起以時代和政治為背景的著作，《靜靜的頓河》、《1984》、《動物農莊》、《戰爭與和平》、《鐵皮鼓》、《生存與命運》……甚至張愛玲的《傾城之戀》，雖則愛情為主體，但卻帶出大時代背景。

科慶小說猶如百科全書，此乃公認，不僅適合青少年讀者，也不乏大學生和成年讀者追捧。在作品中，作者喜愛引經據典，本集亦不例外，分別引用了余光中、劉以鬯、張愛玲、古蒼梧四位著名詩人、作家文句。平日見圖書館的梁科慶西裝筆挺，不苟言笑，然而職業形象背後是滿滿的童心與幽默，甚至帶點叛逆，這顆叛逆的童心中又是滿滿的正義感；對世界充滿好奇，對知識的汲取源源不絕，對自我與本港文學的評價都是客觀的，忠誠的。正因如此，才鑄就出追求公義與和平，不畏強權的阿Wing。

小說中出現驚慄情節，待案件結束後，我與科慶短信交流方得知，他初次嘗試走恐怖路線。我最怕蟑螂，看完《Q版特工40　同門》，夜發噩夢，夢見蟑螂盤踞居所……《Q版特工40　同門》，目的達到了！

後序：今年6月初，科慶說，請我為《Q版特工40　同門》寫序言，並傳上小說文檔郵件，深感殊榮後，迎來香港的嚴冬，兩個多月來因「逃犯條例」引發的社會運動，影響生活與工作，無法專注寫作與閱讀。故此，序言一拖再拖。幸得科慶諒解。

2019年8月18日

1

蟑螂大戰

師叔從內地歸來，託阿 Wing 找一個名叫鄧輝的人。鄧輝與其情婦小莉卻被巨型蟑螂襲擊而入了醫院。師叔到達醫院，竟先摑了鄧輝一巴掌，他與鄧輝及小莉的關係非比尋常。

1

師叔重出江湖？

闊別香港二十年的師叔，今早毫無先兆的打電話給我，說他剛從內地返港，有急事找我幫忙。

嚴格來說，他已不算是我的師叔，因他早被逐出師門，不過我自幼稱他為師叔，已習慣改不了口，況且我一向自由不羈，我行我素，對於門規家法，只是偶然掛在口邊，不常放在心上，今天我仍稱他「師叔」，僅是一個稱呼對方的名詞，作用跟稱呼Peter、小明、張先生、李師奶等無異。

我問師叔為何突然返港。

他回答要見一個叫鄧輝的男子，那人目前在醫院的羈留病房內，他沒法混進去，唯有託我想辦法，愈快愈好。

我最初給他一個推搪的回覆，我說我只是一個普通的攝影師，沒特權進出羈留病房，更沒辦法帶他偷進去。

師叔聽後，「嘿嘿」的冷笑兩聲，在電話網路的另一端，沉默片刻，然後慨歎一聲：

「唉！阿Wing，雖然我退隱二十年，不理世事，但我始終是個老江湖，不是老糊塗，我自有消息來源。人老思舊，近年我開始關心師門動態，尤其對後輩的際遇總有點頭緒。你真正的身分我不知道，但我相信你有門路幫助我去見鄧輝。我實在沒辦法，才向你求助。請你念在當年一場師叔侄的緣分，幫我一次。」

記憶中，師叔天生傲骨，一身是膽，從不低聲下氣。今天聽見他那把蒼老低沉的歎氣聲，想起昔日他經常請我吃雞粥，我亦不忍心拒絕，何況帶他進入羈留病房，確是舉手之勞，最終我答應了他。

我的身分屬於高度機密，師叔是行外人，沒可能知道，不過他猜到攝影師只是我的掩飾，倒算他的觸覺靈敏。

身為一個特工，我隸屬於一個由多國政府出資建立的秘密組織，不受任何政府管轄，卻為各國效力，主要任務是打擊罪惡、維護和平。因此，我的本事很大，不驚動警方而帶師叔混進羈留病房，簡直不費吹灰之力。

然而，我自有專業的操守與底線，出手之前，至少要查清楚那個鄧輝是什麼人。電話掛線後，我登入組織的電腦系統，很快找到鄧輝的資料，讀了部分，沒發現什麼可疑之處。

鄧輝是個普通商人，生意不大，錢是有的，但稱不上富豪，沒犯罪紀錄，沒宗教信仰，也沒勾結黑幫或恐怖分子的迹象。他入住羈留病房的原因，是前晚他位於西貢的一個住宅發生火警，警方在門外的汽車上發現他受傷，又在住宅現場找到三具屍體，因此拘留他，協助調查。

至於鄧輝與師叔的關係，由於師叔催促，我沒時間追問和追查，既然表面上鄧輝沒可疑的背景，幫師叔一個小忙，還他的「雞粥之情」，亦無可厚非。

師叔在本門中，武功修為不算得高深，但實戰經驗之多，本門上下，無出其右。他跟人打架，如同家常便飯。

你沒讀錯，我沒寫錯，確是打架，不是切磋，是名副其實的街頭爛仔打架，不是師兄弟切磋較技，尤其他加入黑幫後，打得更狠、更爛，曾經一人雙刀，由旺角砍到油麻地，傷敵無數。

因此，師叔被逐出師門。

師叔加入黑幫，並非誤入歧途，而是為賺快錢，用拳頭打天下，短時間內出人頭地。他幾歲時，便隨家人從鄉下來港，在新界的農村長大。那時候，沒手機上網，電視也不普及，整條村只有日間營業的村口士多，安裝一台黑白電視機。晚上，村民吃飯後，便在村公所門外活動，年長的納涼、聊天，年輕的練拳棍、舞獅頭。

我與師叔的習武之路，都以此作起點。

練武後，師叔常請我們幾個年紀最小的往墟市吃雞粥。

由於師叔花錢過於闊綽，經常入不敷支，他讀書不多，出城謀生嗎？沒門路；留在農村嗎？又沒出路。他不甘心務農，嫌一腳牛屎、兩手黃泥，也嫌工字不出頭，不願到工廠打工。後來有個財主看中師叔的本領，聘他作保鑣。

當了一個月保鑣，取得工資，師叔體會到，靠拳頭賺錢，收入可觀。有一天，幾個

黑幫分子到財主開辦的酒樓鬧事，被師叔三招兩式打走，黑幫老大欣賞師叔的功夫了得，非但不怪罪，反而力邀他入夥，一同打天下，於是師叔加入黑幫，成為打手，不久晉升為金牌打手，打遍港九新界無敵手，在黑道上打出名堂，財源滾滾來，人人敬他三分，怕他七分。他的「事業」正如日方中之際，不知怎的，在 1997 年香港回歸中國前半年，他突然退出江湖，放棄一切，離開香港，避居內地。

二十年不見，我已長大成人，師叔看我依然像看小孩，下午見面時，他不是跟我握手，而是摸摸我的頭，捏捏我的肩膀，點頭道：「不錯，很結實，身手應該不賴吧？」

「倒還可以。」我變回二十年前的乳臭未乾的小子。

「找個機會，我們過兩招，練一練。」師叔儘管不服老，歲月卻不饒人，他的頭髮斑白、肩背微僂，已呈老態，不過，慓悍的神情、如電的目光，則十年如一日。

「我們見過鄧輝再說。你請先更換衣服。」

「換什麼衣服……」

2

半小時後，師叔一身筆挺的西裝，來到醫院的羈留病房外。我扮作他的下屬，為他遞上名片給當值的警員，煞有介事地介紹：「這位是鄧輝先生的代表律師，要面見我們的當事人。」

警員瞄一眼名片，瞄一眼我們，以敷衍的語氣説：「等一下。」便打電話，相信是向上司請示。他談了一會，掛線後，再着我們多待一會，轉身推門進入羈留病房。隔着門上的玻璃窗，清楚看見鄧輝躺在病牀上，右前臂插着鹽水點滴，容貌跟檔案裏的照片分別不大，不過臉容憔悴，像患上重病。警員似乎在知會他律師來了。起初，他露出詫異的神色，打算搖頭拒見之際，從玻璃窗瞥見站在門外的師叔，隨即作出像烏龜縮頸般的動作，以示同意，眼神轉為慚愧、歉疚。

於是警員走出病房，請我們進去。

師叔確定房門關上後，即拉一下我的肩頭，扯我站在牀尾，位置恰巧擋着玻璃窗，然後他走到牀邊，二話不說，左手反掌揮出，重重一巴掌「啪」的摑落鄧輝臉上。

毫無心理準備，我登時看傻了眼。

鄧輝掩着紅腫的左臉，含着兩泡眼淚，喉頭發出幾聲低沉的「嗚嗚嗚」，不敢喊痛。

師叔出手又快又狠，鄧輝卻甘願被打，忍痛不叫，門外的警員視線受阻，渾然不知鄧輝的臉頰已中了一巴掌。

到底是什麼一回事？師叔千方百計混進來，就為摑鄧輝一巴掌，未免小題大做吧？

「說！」師叔用微微發顫的指頭，激動地指着鄧輝的鼻尖。

「是……」鄧輝不住點頭，淚水潸潸流出，「事情是這樣的……前晚……」

3

痛——

鄧輝從無夢的昏睡中痛醒。

痛的部位，在左腳尾趾。

鄧輝微睜眼瞼，恍恍惚惚的提起左膝，伸手撫摸痛處——做夢也沒想到，他竟摸着一隻異物。他感到異物的觸鬚、翅膀、甲殼，那該是一隻大昆蟲。他大吃一驚，第一時間甩手把那昆蟲扔掉。

一陣細微而頻密的翅膀振動聲漸漸遠去。

鄧輝已完全清醒過來，第一個念頭，這趟傷得不明不白，他的酒量一向很好，區區一杯紅酒，怎可能醉得不省人事，任由昆蟲咬傷腳趾？

他察看傷勢，眨眨眼睛，再眨一下，眼睛瞪大，登時渾身發抖，禁不住尖聲慘叫——

他的痛處鮮血淋漓，整截尾趾不見了。

那該死的昆蟲竟把他的尾趾咬掉？

慘叫過後，疼痛依舊，他既恨且懼地左右掃視，終於看見那隻可憐的尾趾，創口殘留凹凸齧痕，跌在玻璃茶几底下。

「小莉……快打電話call白車……拿紗布替我止血……先拿清毒藥水……還要殺蟲

水……快……小莉……」

鄧輝躺在沙發上拚命地驚呼大叫。

好一會了，沒人回應。沒紗布，沒消毒藥水，也沒殺蟲水，平日殷勤周到、一喚即到的小莉，今天沒丁點反應。他的呼叫聲於客廳、廚房、浴室、睡房、地庫之間迴蕩。小莉似乎不在屋內，屋內除鄧輝以外，再沒其他人，只有陣陣細微而頻密的翅膀振動聲，在他的頭頂盤旋。

窗外，一抹閃電在天底劃破黑夜。

轉睛仰望，一隻足有六吋長的蟑螂，在吊燈下繞了一圈又一圈。不管牠咬不咬人，單是此體長，已教鄧輝毛骨悚然，何況兩、三分鐘前他的腳趾就給牠咬斷，他慌忙坐直身子，凝神戒備。未幾，蟑螂徐徐降落，伏在沙發靠背上，像盯着快要到口的獵物，隨時噬咬鄧輝。

「可惡！」鄧輝在人吃人的職場裏縱橫馳騁，若在自己家中，遭一隻蟑螂一咬再咬，豈不丟臉嗎？

就在蟑螂的一雙翅膀再次豎直之際，他忍痛翻身，滾離沙發，撲向擱在組合櫃前地板上的運動袋。背後翅膀振動聲大作，蟑螂也飛離沙發，狙擊牠的獵物。

鄧輝俯身拉開運動袋，抽出壁球拍，單腳轉身。蟑螂已飛臨眼前。鄧輝旋肩扭腰，右手握拍，「咻」的揮出一記最擅長的反手抽擊。

「噗——」重重的擊中目標。

一如鄧輝所料，蟑螂像壁球般，高速飛撞牆壁，反彈墜地，在粉牆上遺留一個暗紅色的污印。

「臭蟲！去死吧！」

這致命的一擊，足以報卻「斷趾之仇」，鄧輝滿以為已手刃仇家，誰知蟑螂在牆腳掙扎了一會，翅膀一下一下的鼓張、抖動，身子離地，跌下，再離地。牠不僅沒「去死」，還要「起飛」呢！

「不是吧？」鄧輝看傻了眼，剛才那一記「反手抽擊」，力度足以把一個成年男人打得掉牙吐血，那蟑螂的甲殼怎會如此堅硬？

他知道，如讓牠飛離地板，那就報仇無望，連忙單足跳過去，在牠起飛前，跪下用壁球拍把牠壓住。

被困球拍網的十八號纖維線底下，蟑螂動彈不得，插翅難飛。

鄧輝近距離瞧清楚這仇家。牠的外貌跟一般的蟑螂沒多大分別，翅膀呈半透明，頭尖體圓，黑褐色的甲殼上長着暗橙色的斑紋。最大的差異還是體長，記得有次閒聊時談到蟑螂，小莉提過文獻記載最巨型的蟑螂生長於南美洲，體長一般三至四吋，眼下這隻長六吋的傢伙，堪稱蟑螂品種中的巨無霸呢！

牠還有一雙鐮刀狀的前肢，看起來尖硬鋭利，鄧輝的腳趾多半就是被這前肢割斷。想起斷趾，鄧輝悲憤莫名。就在此時，球拍網其中一根纖維線「唰」的給蟑螂的「鐮刀」割斷。接着，那頑強的蟑螂蜷縮軀體，要從球拍網的破口鑽出來。

鄧輝一咬牙，二話不説，回身抓起茶几上的酒瓶，隔着球拍網大力砸打蟑螂。

一下，聽見翅膀裂開的聲音；兩下，聽見前肢折斷的聲音；三下，聽見甲殼崩破的聲音。

鄧輝打紅了眼，慢慢移開球拍，對準蟑螂的尖頭狠很砸擊。

「啪——」酒瓶如泰山壓頂般把蟑螂了結。瓶底滲出血紅色的液體，散發一陣噁心的酸臭。

蟑螂竟也流血？

鄧輝提起酒瓶，紅酒從瓶底的裂痕滴落地板。

潰爛的蟑螂伏在一灘不知是血是酒的紅液之中，再也不能在他的家裏放肆。

鄧輝慢慢放下酒瓶，儘管滿腹疑團，小莉跑到哪裏去？這隻大蟑螂從哪裏跑進他的家？然而，當務之急，就是止血消毒，看這蟑螂的模樣，宿存體內的細菌、病毒一定不少。

藥箱放在樓下的洗手間。

他扶着牆壁勉強借力，從地上爬起，一步一拐的走向洗手間，背後拖着一條長長的血路。

推開木門，坐在馬桶之上，喘着氣打開儲物櫃，搬出藥箱，揀取消毒藥水、無菌敷料和紗布，大大的吸一口氣，擰開消毒藥水的封蓋，稍微遲疑，鼓起勇氣，把藥水傾倒在那慘不忍睹的傷口之上。

「呀——」他發出生平最淒厲的嘶號，痛得幾乎昏厥，消毒藥水脱手丟在地上，他抱着左腿跌進浴缸裏，呼吸已是出氣多，入氣少，喉頭乾涸，心肺衰弱，感到生命像破瓶裏的紅酒，不停滲漏，快將點滴不留。

他自歎生不如死。

但他不會死。

他抬手擰開水龍頭，清水「唏哩嘩啦」的一瀉而下，他的頭臉首當其衝，連髮根也濕透，他乾脆仰臉張嘴，吞喝兩口清水，稍為定神，趕緊拿敷料和紗布緊緊的包紮傷口。隔着紗布輕撫創口，不禁悲從中來，好端端的一隻腳趾，現在卻與腳掌分家，遺留在客廳的茶几底下。

窗外，又閃過一抹閃電，接着是遠方的隆隆悶雷。

怎會有隻大蟑螂無緣無故潛入他的家弄斷他的腳趾？

鄧輝不就從此殘廢嗎？

他雖年過四十，但肚沒胖，頭沒禿，身形高高瘦瘦，加上事業有成，是個具魅力的成功人士，一旦變成傷殘人士，未免可惜。

他明白現今醫學昌明，斷趾復續並非沒可能，只要斷趾的組織沒壞死。

對了，到廚房取冰塊及保鮮袋，跟着報警求助便可。

希望帶來力量，濕淋淋的他爬出浴缸，扶着門牆，單足跳返客廳，打開運動袋，左翻右掀，前撥後搬，卻找不到手提電話，也不花時間了，轉身拾起組合櫃頂的室內無線電話，一邊按鍵999，一邊走向廚房。然而話筒全沒聲響，似沒線路，這是固網電話，怎可能沒線路？他推開廚房門，還沒踏進去，眼前的景象，已把他嚇得魂不附體，因為就在眼前的地板上，棄置着小莉今晚用來為他炮製「八寶鴨」的冰鮮鴨，鴨身和周圍爬着十幾隻大蟑螂。

鄧輝張大嘴巴，喉頭發出無意識的低沉哀鳴……

一隻大蟑螂從冰鮮鴨的屁股爬出來，好像發現了站在廚房門外發呆的鄧輝，牠挑釁似的高舉鐮刀狀的前肢，向着鄧輝上下擺動。

味美的「八寶鴨」與可怕的蟑螂，本來風馬牛不相及，現在交疊成一幅恐怖的圖像，深刻烙印在鄧輝的腦海裏，剎那間，他不知該作什麼，只想嘔吐。

「啪——」電話從他手中鬆脱，直墜地板，發出異響，他才回過神來，驚覺——危險——

所有蟑螂都注視着他，紛紛鼓張翅膀，預備「起飛」，他隨時變成另一隻「冰鮮鴨」。

「啊呀！」鄧輝退後一步，掩上廚房門，腳邊「喀嘞」一聲，門不能盡掩，低頭一望，原來電話擋在門與門框之間。

密集的翅膀振動聲在門後轟鳴！

蟑螂轉瞬殺到，鄧輝急急蹲下，把電話撥開，大力掩門。第一隻飛到的蟑螂剛巧被夾在門邊，「噗」的爆開，濺出一抹血紅色的體液。其餘的蟑螂直撞門板，門後響起一陣「劈劈啪啪」，門板彷彿捱了一輪機槍子彈般的驚心動魄。鄧輝蹲在門邊，嚇出一身冷汗，惶惶然看前看後，不知屋內其他地方還有沒有蟑螂？

逃命要緊，他摸摸褲袋，車匙仍在袋裏，拿定主意，先逃到屋外求救再算，於是爬離廚房，跑過客廳。他的傷口再度滲血，若屋內的暗角潛藏着更多蟑螂，血腥氣味會令他在短時間內受襲，此處不能多留片刻，他趕快拉開大門。

門外，那盞在黃昏後開始亮着的門頂小燈，不知何時熄滅。更沒料到，門口多了一個竹筐，匆忙之間，他一時不察，絆了一下，把竹筐踢翻，筐蓋跌開。

筐內傳出一片蟲足爬動的「沙沙索索」的聲音。

鄧輝的心底發毛，一陣猶疑，把提起的左腳，慢慢縮回，放下，不敢踏出屋外，前無去路，唯有退返屋內。剛站穩之際，一羣蟑螂從竹筐飛出，發出翅膀振動聲，像自動導航似的，一同湧向鄧輝，幸而鄧輝及時返回屋內，及時關門。

但不幸地，不像廚房的防煙門，大門底部和地板之間，留有一道三分一吋高的縫隙，很快地，第一隻蟑螂找到這個縫隙，蜷縮軀體迅速由此鑽進屋內。

鄧輝慌了手腳，拿東西擲牠，他在組合櫃頂拿到什麼就擲什麼。可是，相架、花瓶、電視遙控器、唐老鴨小擺設等等，完全起不了防禦作用，鑽進屋內的蟑螂愈來愈多，鄧輝最後抓起棄在地上的壁球拍，施展正手、反手、上擊、下掃，且戰且退，勉強打倒一些蟑螂，但敵眾我寡，且對付蟑螂，球拍並不合適，他需要專殺蟑螂的「武器」。混戰中，他的左臂、右肩、後腰都給蟑螂割傷。連連敗退，他退到雜物房門外，靈機一動，記起雜物房裏的殺蟲水，不作他想，立即閃進去，關上了門，脱下T恤，拿T恤堵塞門底與地板之間的縫隙，阻止蟑螂攻進來。

果然奏效！T恤暫時把蟑螂隔在門外，傷不到鄧輝。

驚魂甫定，他靠着牆壁喘氣，低頭盯着門下凸出衣角的T恤，一時百感交雜。T恤是妻子在他出門前為他套上的，還鄭重地拿止汗水噴灑他的腋下、頸項、肩背。他笑着説，壁球場有冷氣，流汗不多。妻子答道這件是新買的T恤，染上汗漬難以洗淨。他卻從不擔心汗漬，因為他借打球為名，偷情為實，瞞着妻子，跑到這裏找小莉幽會。

現在，T恤髒了，腳趾斷了，如何向妻子解釋？

更費解的是，他和小莉的愛巢怎會變成蟑螂巢？

小莉？他想起從進屋的一刻，直至現在，他根本就沒見過小莉！

昨天明明跟小莉約好今晚一起吃飯，她還説剛在烹飪班學曉煮「八寶鴨」，特地弄給他嚐嚐，所以她不會外出。況且，那瓶 2009 年的波爾多紅酒，是他喜歡的年份，小莉習慣在他到達前打開瓶塞，讓酒內的二氧化硫散發，也讓酒液與空氣接觸，柔化帶有澀味的物質「單寧」，到鄧輝喝酒時，就更加可口香醇。

可是，酒仍在，人卻失蹤，「八寶鴨」變成蟑螂的晚餐。

小莉到底在哪？她有危險嗎？

事到如今，首要還是先殺出重圍再尋找小莉，他開始掀開金屬架上的儲物膠箱，尋找殺蟲水，偏偏找到蚊怕水、洗地水、洗頭水，就是沒殺蟲水，這箱沒有，那箱也沒有。明明是有的，他清楚記得，除非有人故意把殺蟲水拿走，這屋子除了小莉和他，再沒有別人，他沒拿，拿的就只有小莉，小莉為什麼要拿走殺蟲水？而且早晚不拿，偏要在這個跟蟑螂拚命的危急關頭才拿走？還有，他昏睡前唯一的記憶就只是喝了一杯紅酒，以他的酒量，喝一瓶也不醉，所以他的昏睡非因醉酒，而是酒內極可能混有迷藥。

想到這裏，他的心頭寒悸，種種迹象指出小莉的可疑。他被蟑螂襲擊，幾乎喪命，似

是一個局，而設局的人若不是小莉，還會是誰？

隆隆隆——

遠方又響過一陣悶雷。外面的空氣濁重，鄧輝的內心更沉重。

「小莉為什麼要害我？難道，是為了……」

就在鄧輝對小莉徹底失望之時，他打開第三個儲物箱，在裏面找到兩支殺蟲水，還有一盒專滅蟑螂、俗稱「煙霧彈」的滅蟲化學劑。

希望重燃，他頓時鬆一口氣，不僅是找到「武器」，且還小莉一個清白，更是重要。

鄧輝看看殺蟲水及「煙霧彈」，一不做，二不休，乾脆轉守為攻，使用「煙霧彈」把屋內的蟑螂徹底殺盡，不過「煙霧彈」需要加入清水，取水就要到隔壁的洗手間，而殺蟲水可助他在短距離殺出一條血路，現在兩者兼得，真是天助我也，鄧輝想起也覺痛快。

隆隆隆——隆隆隆——

為免與蟑螂同歸於盡，他撿起一塊抹布，懶理乾淨或骯髒，只管用來蒙住口鼻，在腦後打個活結。待會混戰，多一塊抹布擋隔，可減少吸入殺蟲水的氣味。

準備就緒，他告訴自己要忘卻傷痛，奮戰到底，殺殺殺——

他大吼一聲，以壯行色，把「煙霧彈」挾在左臂腋下，雙手左右各持一支殺蟲水，容量滿滿的，確定保險掣已經開啟。廝殺在即，他忍住腳痛，紮穩馬步，一咬牙，拉開雜物房門，但見門上、牆上密密麻麻的佈滿蟑螂，還有幾隻在空中巡弋。

「殺呀——殺呀——」他按鍵「開火」，殺蟲水以噴霧狀態射出，一時水花亂舞，空氣裏彌漫着刺眼刺鼻的化學品氣味。

最接近他的蟑螂紛紛「中彈」墜地，稍遠的，四下後撤竄逃。

敵退我進，仗着「火力」強橫，鄧輝跨出雜物房，繼續向兩旁上下噴射，為自己築起一道殺蟲水防線，把蟑螂逼退。殺蟲水果然是蟑螂的剋星，牠們不敢靠近鄧輝，留在水花不能波及的位置，虎視眈眈。

鄧輝向左橫移兩步，用腳跟蹬開洗手間的木門，他沒後眼，不能確定洗手間裏有沒有「伏兵」，只管反手朝浴缸和馬桶噴了兩下，便退入洗手間，掩上門後，解下蒙臉的抹布，一邊嗆咳，一邊撕開「煙霧彈」的鋁箔包裝，取出盛載化學劑的金屬罐，從鏡架抽出牙刷，反握刷柄，戳破金屬罐的封蓋，拿到水龍頭下，按包裝指示，注入少量清水。化學劑旋即產生反應，金屬罐開始微微冒煙。他改用浴布蒙臉，拉開木門，把「煙霧彈」放在地板上，平穩地推出客廳，然後掩門，解下浴巾，用作堵塞門隙。

行動一氣呵成，毫無窒礙，不讓蟑螂有任何反擊的機會。

他最後爬進浴缸裏，躺下等候「煙霧彈」在外面發揮作用，望能殺光那些該死的蟑螂，一隻不留。

屋內一切回復平靜。「煙霧彈」在客廳不斷發出「嘶嘶」細響，釋放致命的化學毒煙，毒煙的氣味若有若無的滲進洗手間。

洗手間裏，沒關牢的水龍頭不斷「嗒嗒」的滴水。

安靜下來，鄧輝的左腳又感赤痛，瞧一眼，腳上的紗布早已血迹斑斑。為怕加劇傷勢，他不敢更換紗布，只在上面多纏多幾圈乾淨的，待殺光蟑螂後，再去急症室求診。

那些蟑螂，品種稀奇，從沒見過，牠們產自何地？他沒頭緒。

如果小莉在旁，她或知道牠們的來歷，因為她從前在廈門大學主修生物學，專門研究昆蟲。

想到這裏，鄧輝不願再想下去，因為再想下去，小莉又成為設局的頭號疑犯。

不單熟悉昆蟲，小莉還熟悉這屋子的間隔、熟悉他的飯食習慣，三種條件加起來，殺人佈局才天衣無縫，運作無礙。首先，外人不會知道，廚房有道後門，也可通往車路，因此廚房的冰鮮鴨與正門的竹筐，作用相同，都是佈置蟑螂，封鎖出口，阻止鄧輝逃生。其次，鄧輝進屋後，看見茶几上那瓶已開蓋的紅酒，一定會喝一杯，結果一睡不醒。如果過程順利，他在昏睡時已被蟑螂所殺，雜物房裏的殺蟲水和「煙霧彈」取走與否，對結局並沒影響。

所以，小莉的嫌疑仍是最大。

她為何要殺他？

他感到痛心，此刻他的左腳雖痛，卻遠不及椎心之痛。他沮喪極了。小莉唯一的殺人動機，他想到的，就是為了遺產。近月，小莉不住抱怨，跟了他九年，無名無分，她別無所求，只望將來有點保障，他心軟，經不起她的長嗟短歎，最近瞞着妻子，委託陸律師修改遺囑，把一半家產分給小莉，想不到遺囑辦妥不久，小莉便動殺機，急不及待要瓜分他的家產？

不得不承認，小莉變了。

隨着閱歷加添，以及環境變遷，人總會有所改變。

經過多年奮鬥，鄧輝不是由低級職員成為公司老闆嗎？

他第一次看見小莉，在九年前的一次應徵面試。親戚介紹小莉到鄧輝在廈門的公司見工，那時小莉剛大學畢業，年輕貌美，她每個動作，即使細微如撥頭髮、抿嘴巴、甚或握手、點頭，多多少少都散發出那種少女獨有的芳香，大概這就是青春氣息吧。而她的樣子實在討人喜愛，嘴巴有棱有角，鼻樑挺秀、水汪汪的大眼睛黑白分明，鄧輝一見傾心，聘用不在話下，不到六個月，她便成為他的情婦。

獨自北上創業的男人有多少能從類似的「情關」抽身而退？

他們在廈門雙宿雙棲，三年後，小莉受不住背後的閒言閒語，執意要離開廈門。她給鄧輝兩個選擇，分手讓她往上海念書，或者接她到香港。

鄧輝當然選擇後者。他賄賂地方官員，半年後為她取得「單程證」來港，把她接進這所位於西貢的獨立屋居住。這屋子是他公司名下的投資項目。附近的獨立屋也是轉名多、入伙少的炒賣物業，因此鄰居不多也不熟，加上位置偏遠，金屋藏嬌，可謂神不知，鬼不覺。

居港四年多，小莉慢慢融入社會，也由年輕女孩漸變為美麗少婦。不過，按鄧輝的感覺，她最大的轉變，是身上那種青春氣息漸被名貴香水的氣味取代……

終於，客廳的「煙霧彈」沒再發出聲音，化學劑已經耗光。

他想像待會離開屋子前，目睹客廳的蟑螂統統「反肚」，場面一定很慘烈。

他滿懷希望的爬出浴缸。窗外開始起風，樹葉「悉悉沙沙」的亂響。為安全計，他仍拿起兩支殺蟲水，慢慢地開門，步出客廳。

豈料，期待的屍橫遍地，非但沒在他的眼前出現，客廳裏蟑螂一隻不存，死的活的都沒看見。

「不可能的……」他喃喃道。

隆隆隆——

下雨了。

雨點又急又密的從天上傾盆潑下。

客廳地板上的「煙霧彈」，只剩一個空罐，化學劑揮發淨盡。沒中毒的蟑螂逃脱跑光，鄧輝不感詫異，但那些中毒的、較早前被他用球拍打死的，竟然屍骨存無，那就百思不得其解了。

他站在「煙霧彈」旁邊，視野範圍之內，蟑螂腿也沒一根。他懷疑剛才發生的一切是否真實？但願只是一場酒後的噩夢，酒醒夢醒之後，小莉坐在他身旁，溫柔地説「八寶鴨」上桌了。然而，答案肯定的是，他身上的傷痕累累，他的痛楚，足以證明他曾受蟑螂攻擊。

「算了，求醫吧，要儘快駁回腳趾。那些傢伙離奇失蹤，是死是活，我不關心。」他自覺是個明智決定。

可是，在街上踢空罐子的壞習慣，驅使他作出一個不明智的動作，開步前，他有意無意地踢了一腳空的「煙霧彈」罐，空罐子滾越客廳，「鐺」的撞響長沙發的一根木腳。接着，蟑螂源源不絕似的從沙發底部的破洞中爬出。原來鄧輝散播「毒氣」時，牠們弄穿沙發，躲進裏面，厚實的水牛皮成為牠們的保護罩。

誤把蟑螂趕出，鄧輝後悔不及，馬上跳開，舉起殺蟲水便噴。不過，奇怪的是，跟先前不同，蟑螂「中招」後毫無損傷，行動自如。細看之下，牠們竟然抬着同伴的屍體當作盾牌，掩護身體，免受殺蟲水所沾。

就連唯一的武器也失效，鄧輝大驚失色，只好退回洗手間躲避，但蟑螂似有策略地兵分兩路，既堵截他逃回洗手間的去路，又從左右兩側包抄，快要圍成一個圈，把鄧輝困在圈中，到時他腹背受敵，瞻前不能顧後，必死無疑。

蟑螂合圍之前，僅有的出路，就是樓梯。

鄧輝已沒選擇，快步搶上樓梯，仍邊逃邊噴殺蟲水，把其中一支噴光，隨即棄掉，而另一支也所餘無幾，他逃上二樓，躲進睡房裏，拿小莉的絲質睡袍堵塞房門底下的縫隙。

身後，從睡牀旁邊沒關的窗子，隨涼風而來的雨點，斜打在鄧輝的背部。他馬上意識到，風和雨從外面飄進來，呼救聲也可從屋內傳出去，於是轉身跑到窗前，放盡喉嚨，向外大叫：「救命呀！救命呀！有沒有人？快替我報警……」可是，無論他的呼喊聲多大，總被雨聲掩蓋。

眼下，附近的房子盡都烏燈黑火。悶熱的夏夜，這些房子裏即使有人，人們早就關上門窗，在涼快的空調下好夢正酣，誰會聽見他在風雨中的呼救？這刻，鄧輝體會到叫天不應、叫地不聞的無助慘況。

他沒放棄，俯身察看窗下，離地十一、二呎，本來以他的體能和身手，手足並用，攀落地面，不成問題，奈何現在左腳受傷，加上雨濕牆滑，他實在沒有把握。

他垂頭，但沒喪氣，腦筋飛快轉動，回想睡房的設計間格，尋找出路……

鄧輝想到這個窗子不成，但浴室的窗子外面有條污水管，他攀出窗外，用雙手抱緊污水管緩緩溜下，避重就輕，減少使用左腳，或可一試。他回頭一望睡房內的浴室，這才注意到浴室門外的大灘血迹，以及門後透出的血腥氣味……

鄧輝走過去，忐忑不安把門推開，步進浴室，不祥的預感呈現真實景象，浴缸裏躺着一具屍體，屍身正被數不清的蟑螂噬咬。

鄧輝的鼻頭發酸，淚水不自控的從眼眶湧出，他掩着嘴巴哽咽：「小莉……」

儘管屍體血肉模糊，體無完膚，畢竟相處九年，他一眼便認出死者就是小莉。

「不……」他不住搖頭，不能任由蟑螂糟蹋小莉的屍體。

蟑螂在屍體內外鑽來鑽去。

「呀——」他發瘋似地向浴缸噴灑剩餘的殺蟲水，直至耗盡，他不論如何按、壓、搖那支殺蟲水，卻再也擠不出一點一滴。

蟑螂四散竄逃，有些躲進浴缸底的排水孔，有些爬出窗外，有些跑到浴室門外。鄧輝的怒氣好像凝聚成一道無形的氣牆，牠們感到此人暫不可惹，知機地退避三舍。

趕跑蟑螂後，鄧輝像個洩氣皮球，跪在浴缸前，泣不成聲，他痛心小莉死於非命，自責不但沒好好保護她，更一度懷疑她謀害自己。

浴室門外的大灘血迹，顯示小莉在那兒遇襲，再被搬進浴缸裏，繼而遭到蟑螂摧殘。

這分明是謀殺。作案手法與迷暈他的相仿，屬同一人的所為，是有預謀的雙重謀殺，只不過兇手棋差一着，忽略屍體或較活人更吸引蟑螂，因此客廳的蟑螂跑上二樓，不知怎的，僅餘一隻留在樓下，鄧輝才逃過一劫。不然的話，明日的新聞頭條將會是：「男女離奇暴斃，死因不明，稀有蟑螂或是兇手」。這樣的話，他與小莉便橫死在家裏，真兇卻逍遙法外。

那人究竟是誰？為何要設局殺害他們？他自問凡事忍讓，不惹仇，不結怨；小莉溫柔婉順，人見人愛。誰會對他們下此毒手？

時間一久，殺蟲水的氣味消散，一隻蟑螂從浴缸底的排水孔探頭探腦地爬出來，試探鄧輝的虛實，門外和窗外的蟑螂亦蠢蠢欲動。

鄧輝的怒火再燃，他大力把那支空的殺蟲水擲落浴缸。

「鐺」聲巨響，暫時把蟑螂嚇退。

已沒殺蟲水了，還有什麼可噴？鄧輝站起身，環顧浴室，有了，還有香水，小莉的香水多的是。他走到梳妝台前，從另一個褲袋裏掏出打火機，拿起梳妝台上其中一瓶Chanel，轉身對準浴室門框，點火，噴射香水。

香水穿越火苗，形成火舌，撲向門框上的蟑螂。原來這些蟑螂的外殼是易燃物質，觸火即焚，愈燒愈旺。蟑螂瞬間化成焦炭。

香水較殺蟲水更具殺傷力，蟑螂紛紛落荒而退。

「殺光蟑螂！為小莉報仇！為我雪恨！」鄧輝殺得性起，把梳妝台上所有香水，還有噴髮膠全部塞進褲袋、插進褲頭，然後追出浴室，追殺蟑螂。

睡房、走廊、樓梯、客廳，一路追殺，所向披靡，燒焦不少蟑螂。空氣裏瀰漫一陣焦臭。然而，香水的容量畢竟太小，當鄧輝殺至客廳，即面臨「彈藥」不繼。他站在客廳中央，手拿最後一瓶 Chloe，慢慢冷靜下來，目前他佔盡上風，但轉眼「彈」盡，蟑螂卻沒死光，形勢隨即逆轉，與其被蟑螂反噬，倒不如趁勢逃到屋外。

雨聲止住。驟雨來得急，散得快。

當鄧輝經過廚房門外，心念一動，迅即改變主意，因廚房裏有好幾個打邊爐用的氣罐，火力更強更猛。他連忙轉入廚房，用最後的 Chloe 燒死冰鮮鴨上的蟑螂，跟着打開廚櫃，找到三個氣罐，全數取出，待要折返客廳繼續殲滅蟑螂，就在此時，聽見正門打開

的聲音，他愣住了，這個時候，誰會進來？而且備有門匙？

他不動聲息，貼近廚房門邊，拉開少許門隙，偷看來者何人？

結果，進來的「三人組合」，簡直超乎他的想像。

為首的是陸律師，他把雨傘擱在門邊，拿着門匙在掌心上下拋接，進屋後四下打量，神態輕鬆，像假日參觀示範單位的準業主。

鄧輝的妻子跟在後面，相比陸律師，她的神色緊張多了，樣子鬼鬼祟祟的，一看就知道作了虧心事。

走在最後的，是個臉上戴着骷髏面具的神秘人，他身披雨衣，揹着一個帆布袋。鄧輝猜不到此人是何方神聖。

「多等一會不成嗎？剛才還聽見他在二樓叫救命，也不知斷氣沒有？」鄧輝的妻子首先開腔，以一貫尖酸刻薄的口吻説着，她把鄧輝的手機塞回鄧輝的運動袋裏。

等……斷氣？鄧輝不寒而慄。她偷走他的手機，使他沒法打電話求救，看來屋內的電話線路也是他們弄壞的。而且，他剛才在門外踢翻竹筐時，像依稀見到馬路對面停泊了一輛汽車，當時他忙於對付蟑螂，沒太留意，現在回想，猛然醒悟，那是陸律師的車子，他們三人當時正坐在車上等候鄧輝斷氣。

「大師！」陸律師必恭必敬地詢問神秘人。

神秘人指一下自己的腕錶。

「明白。」陸律師轉頭向鄧輝的妻子解釋：「大師的意思是，鄧輝叫了幾聲後，至今再沒動靜，已有足夠時間讓蟑螂取他性命。」

「指指腕錶，意思也可解讀為準時收工呢！」鄧輝的妻子不滿地交抱雙臂，「哼！多等一會，讓蟑螂咬個徹底，不是更好嗎？」

鄧輝緊握拳頭，想不到妻子竟如此冷血、如此無情！

神秘人沒理睬鄧輝的妻子，逕自在客廳中央，張開帆布袋，平放地板上，然後從懷中摸出一包藥粉，均勻地撒在帆布袋裏。那些藥粉的氣味很特別，鄧輝似曾相識，想了又想，終於想起，氣味跟妻子為他噴的止汗水一模一樣。現在，他明白了，那不是止汗水，而是「催命符」，吸引蟑螂咬他。她要謀殺親夫呢！

「他這份工作，賺錢挺容易，放蟑螂，收蟑螂，什麼也不用做。」鄧輝的妻子仍在囉唆。

「你別這樣說，大師是世外高人，有錢也請不動，若非好友介紹，他不肯出山……啊呀！」陸律師盯着地板，迅速退開，讓路給蟑螂。

蟑螂連羣結隊從屋子不同的角落爬出，有些還扛着同伴的屍體，一同爬進帆布袋裏。

「哎唷……這麼多……這麼大……真噁心……」鄧輝的妻子花容失色，靠到陸律師的胸前。

「別怕，別怕，沒事的。」陸律師殷勤地攬着她的肩，握着她放在胸前的手。

看見兩人的曖昧舉動，鄧輝如夢初醒，原來兩人背着他早有一腿，他包養小三，她紅杏出牆。這種夫妻關係，真是「絕配」啊！

客廳裏這「三人組合」，完全符合設局殺人的條件。神秘人熟悉蟑螂，妻子熟悉鄧輝的飲食習慣，陸律師熟悉這屋子的間隔設計，因為房契是經他的律師樓辦理的。

「痛呀！」鄧輝的妻子掙開陸律師的手。

「對不起，弄痛你的傷口。」

鄧輝細心瞧清楚，妻子的右前臂裹纏着繃帶。

「都是那賤人不好，膽敢反抗，不乖乖受死，要老娘多花氣力。」

兇案的最後一塊拼圖浮現了。鄧輝的妻子不打自招，她在睡房襲擊小莉，小莉反抗，弄傷她的右臂。知人口面不知心，鄧輝與她同衾共枕二十年，竟不知她的心腸如此歹毒。她殺害小莉與丈夫，目的除了嫉妒小三外，最大的原因，沒猜錯定是為了獨吞遺產。以兩人的姦情，陸律師必向鄧妻打報告，告知鄧輝修改遺囑，當然也會透露遺囑內容，若鄧輝與另一受益人身故，全部遺產將歸她鄧妻一人所有。或許，這對姦夫淫婦還協議瓜分。總之，兩人心狠手辣，設局製造假象，令人誤以為蟑螂殺人。

「不能！若讓他們奸計得逞，還有天理嗎？」

鄧輝愈想愈氣，恨不得衝出去，痛毆他們一頓。

奈何，以一敵三，神秘人手上還有大袋蟑螂，他毫無勝算，說不定，毆他們不成，反過來自投羅網，被他們合力幹掉。

他只得壓下怒火，不敢輕舉妄動。

此時神秘人用繩子綑綁帆布袋口，再把帆布袋提起。

「等一等，你不能就這樣離開。」鄧輝的妻子雙手叉腰，挺身攔住去路，「我要看見屍首，你才算完工。」

神秘人指一下樓梯。

「對對對，鄧輝最後在睡房呼救，他死於樓上，我們自行去看便可，不敢阻礙大師的時間……」

「不行。他要陪我們上樓，倘若睡房裏還有蟑螂，他不在場，你有本事保護我嗎？」

神秘人最終讓步，擺一擺手，放下帆布袋，一起走向樓梯。

「對不起，有勞大師，對不起……」

三人相繼步上樓梯。

機會來了，為小莉報仇的機會來了！鄧輝輕輕打開嵌在廚櫃當中的微波爐，把三個氣罐全塞進去，關上門，調校加熱三分鐘，再打開所有煮食爐的氣閥，讓媒氣大量洩漏。

他不敢經客廳離去，生怕弄出聲響，驚動樓上三人。最後他以悼念式的眼神瞧瞧客廳茶几下的斷趾，斷了就斷了吧，便推開廚門的後門，離開屋子。

他沒回頭，只是盡力向前走，希望儘快登上自己的汽車，駛離即將爆炸的屋子。差不多走到車路，他的右腳開始沒感覺，不痛不痳，最後完全乏力，不聽使喚，他唯有以單足跳動。

行人路的路磚凹凸不平，地面濕滑，燈光又暗，他一不留神，踩着凸起的磚角，「趴」的摔了一跤，弄得滿身泥濘。

聽見屋內傳出妻子的聲音，尖聲大氣地叫嚷。三人在睡房裏找不到第二具屍體？抑或從睡房的窗子看見他在屋外摔倒？

都不管了，他看看腕錶，已過了兩分鐘。他顧不得手腳擦傷，乾脆伏在地上爬行，只盼爆炸前爬進車廂裏。

屋內的叫嚷越加尖鋭，他們似在爭拗。

幾經辛苦，最終爬到車旁，他掏出車匙，按鍵打開門鎖。

「咇——」

夜已深，這一聲「咇」特別清脆。

屋內的吵鬧戛然靜止。

還餘十秒，他慌忙拉開車門，攀進駕駛座，啟動引擎。

「他在外面啊！」鄧輝的妻子的叫聲分外嘹亮，聲音中帶着失望和吃驚。

鄧輝放下車窗，抬頭仰望二樓。睡房窗前，站着妻子和陸律師。鄧輝把左手伸出窗外，以右手食指點一下腕錶，然後向他們豎起右手中指，報以一個幸災樂禍的恥笑作告別。

鄧輝的妻子和陸律師臉如死灰。

鄧輝踩油。

「轟——隆——」屋子猛烈爆炸。

碎磚、爛木、沙石，燃着的雜物等，在烈焰濃煙之中，從四分五裂的「獨立屋」向周圍彈飛。

一個彎曲的窗框在鄧輝的擋風玻璃前掠過，「碰」的一聲，擊中陸律師的汽車，車身大幅凹陷，車窗盡碎。

鄧輝慶幸走運，避過一劫，於是加速逃離險地；殊不知，車子跑不了十碼，整道屋門從天而降，砸落他的車頭，擋風玻璃即時破碎，碎片濺進車廂，他雙手抱頭，護住頭臉，沒法兼顧方向盤，車子失控，直撞路旁大樹，大樹倒塌，壓在車頂上，車頭變形，鄧輝被夾在座椅與方向盤之間，觸動響號，引擎開始冒煙的車子，「砵」聲長鳴，像在作生命終結前的最後哀號。

鄧輝仍然清醒，他極力掙扎，卻爬不出車廂，他左右摸索，希望找到幫助脫困的物件，可是什麼也摸不到，被困車內，動彈不得，直至消防員撬開車門……

4

鄧輝把前晚的案情從頭到尾說了一遍，給人的印象是鉅細無遺、知無不言。

不過，過程如此離奇，尤其蟑螂殺人，又難以令我完全相信。我於是拿出手機，上網登入警方的資料庫，印證鄧輝的口供。

師叔一直鐵青着臉，耐心聆聽，不發一言。看見他胸口起伏，雙拳緊握的模樣，就知道他已盡量控制情緒，不然的話，早已一個鐵拳把鄧輝的肋骨打折幾根。

我這個不相干的人，站在一旁，也聽得咬牙切齒。若鄧輝所言屬實，他的受傷乃咎由自取，鄧輝的妻子與陸律師害人終害己，死有餘辜，最無辜的還是小莉，青春少艾命喪奸人手上。不過，九年前她委身鄧輝，成為他的情婦，踏上人生中錯誤的第一步，最終走上不歸路，除了惋歎一聲「可惜」，還可說什麼？

「我當初把小莉交給你時，你答應我好好照顧她，現在她卻客死異鄉……」師叔終於流出眼淚，鐵漢有淚不輕彈，只因未到傷心處，「你對不起我！你對不起小莉！」

「外父……我……」

外父？鄧輝稱師叔作外父，然則，師叔即是小莉的父親，怪不得他突然返港，原來是追究女兒的命案。

「小莉死了，你卻完好無缺的，躺在醫院裏，你怎不也一塊死去？」

「我……生不如死呀……嗚嗚……」鄧輝掀開氈子，露出——小腿以下不見了的——右腳掌。

「你的腿……」師叔呆住了。

我也為之錯愕。

「斷趾創口受感染……中毒……嗚嗚……肌肉向上壞死，醫生為我截肢保命，嗚嗚……」鄧輝硬咽，淚流滿臉。

「好呀！奸人全被炸死，你又殘廢，總算還小莉一個公道。」

「師叔，還欠一人。」我忍不住插口，「剛才，我登入警方的資料庫，再查證一下。警方在火場內找到兩女一男的屍體，證實是小莉、鄧妻和陸律師。」

「沒錯，還欠那個戴面具的神秘人啊！那人操控蟑螂作案，他才是罪魁。」師叔恍然，揪住鄧輝的衣領，喝問：「他是什麼人？快說。」

「我……」鄧輝有口難言。

「師叔，請你冷靜，聽我多說一句。根據警方的紀錄，並沒提及在現場發現什麼古怪蟑螂或蟑螂屍體，也許，火勢太猛，付之一炬吧。不過，對於這個唯一的生還者——鄧輝，警方要求精神科醫生跟進。所以，那個神秘人是否存在，我仍存疑。」

「我沒發瘋，我沒說謊，請你相信我，請你相信我，我願以性命擔保，我若有半句謊話，天打雷劈，永遭天譴。」

「好，我姑且相信你，那麼告訴我，神秘人到底是誰？」

「那人是陸律師聘回來幫忙的。我不知道他是誰，真的不知道。」

「陸律師已死，線索斷了……」師叔仍揪住鄧輝不放，「喂，你好好想一下，陸律師從什麼門路聘用那人？」

「那姓陸的，是我的事務律師，我們之間只有公事、業務往來，他的私事我一無所知。」鄧輝苦着臉，「就連他何時搭上我的老婆，我也一無所知。」

師叔失望地放開他。若他所言屬實，從另一個角度看，他也是受害人。

「師叔，線索仍未斷盡，還有辦法。」

「真的？快說。」

「假設這個鄧輝的口供是真的，陸律師曾提及，若非好友介紹，神秘人不肯出山。換句話說，他透過某人聘用神秘人。或許，翻查他最近一星期的電話紀錄，看看當中有沒有可疑的人物……」

「對，陸律師並非黑道中人，他找神秘人，要透過中介人，我找到中介人，便可把神秘人揪出來，那傢伙害死我的小莉，我不會放過他。阿Wing，那就請多幫我一次，翻查陸律師的電話紀錄。」

「不，師叔，偵查工作應交給警方處理。我認識警方的人，我向他們提出這點，請他們循這方向調查。香港警察很專業，很快便查出結果。」

「不，阿Wing，你不明白了，小莉遭壞人害死，我總要為她做點事，我要親自查出真相，若那神秘人給我抓到，我會把他交給警方。」

「要完好無缺的。」

「我答應，完好無缺，牙齒當金使。」

師叔一向信守承諾，說一不二，我相信他，多幫他一次，算還他一個心願。

問題是，那神秘人是否存在？

關鍵在於鄧輝的口供是否真確。警方似乎懷疑他發瘋，把他關在羈留病房，讓精神科醫生跟進。所以現時階段，我暫不出面聯絡警方，亦屬合適。

表面看來，鄧輝的精神狀況正常，不似發瘋，我倒懷疑他說謊，唯一不解的是，他這個謊話未免太複雜、太怪誕，反惹人起疑。如果他說，有賊入屋打劫殺人放火，或者洩漏煤氣引起爆炸，不是更易瞞天過海嗎？

偏偏說巨型蟑螂咬人，誰會相信？

既然如此，師叔要調查就讓他調查吧。

離開羈留病房前，我打電話回特工基地，找到情報組的蘇珊組長，拜託她翻查陸律師過去一星期的手機通話紀錄。蘇珊組長也是黑客，入侵電訊公司的網絡系統，擷取資料，不留痕迹，易如反掌，幾乎是敲幾下鍵盤就可搞妥。我們離開醫院不久，剛拉開車門，蘇珊組長已把一份名單傳到我的手機。我站在車旁，打開名單查看。師叔焦急地湊過來。名單上有幾十個名字，不過蘇珊組長特別把其中一個着色顯示，那人叫古大威。

「古大威？是哪一路的？」我沉吟。

「我認識他，孱仔威嘛，從前他是個小混混，聽說現在吃大茶飯，在旺角一帶活動，手下有一幫人，專放債、收貴利。」

「律師與放高利貸的，不同道，卻聯絡頻密，過去一星期互通電話八次，的確可疑。」

「孱仔威的人面甚廣，他可能就是陸律師與神秘人之間的中介者。」師叔脫掉西裝外套，解下領帶，把衣物拋進車內，「我這就去旺角找孱仔威。」

「我送你一程。」

「不用了。我坐地鐵便可。畢竟路還認得。阿Wing，你已幫我很多，餘下的，我自行處理。」

「師叔……」

「你放心，我自有分寸。」

我欲言又止。今天的旺角與二十年前的旺角，分別很大，孱仔威相信亦不再是昔日的小混混。從前師叔是旺角的「地膽」，今天已成過客，單人匹馬前往，我擔心他吃虧。不過，師叔為人主觀且固執，執意要做的事，沒人可以勸阻。而我與這宗案件毫無關係，加上鄧輝的供詞如同天方夜談，我的參與應該點到即止。

最後，我獨自駕車離開醫院，停在十字路口等候交通燈號由紅轉綠。車窗左側，師叔背向我，緩緩走下街角的地鐵站，記憶中，那份健步如飛的爽朗，在他身上不留痕迹。

師叔真的老了。

突然想起余光中的幾句詩：

千絲萬縷難斷的因緣
回到這山長水久的故居
來作匆匆過境的新客
——忘卻了一生，唉，能有幾個十年
生死之間也無非作客
腳下那一片紅塵滾滾
班機起起落落，地車去去來來
也無非是過眼的罌粟花開
一切過客都匆匆地走過
再磨也不破的此山叫飛鵝

2

追查真兇

師叔在阿 Wing 的協助之下，尋找襲擊鄧輝二人的背後兇手。幾經轉折，師叔反被同門及警方當作殺人兇手……

午餐

1

我在「的士佬」吃過叉燒炒蛋飯，叼着牙籤，慢條施理地踱回停車場取車。

「的士佬」是一個路邊大排檔，爐頭置在騎樓底下，在行人路和冷巷靠牆的空地擺放桌椅，原本的檔名大家都不在意，因附近的小型停車場有二十多個泊車位，方便的士司機在此聚腳吃飯，人多的時候，車位泊滿，遲來的，便把的士泊在用於緊急事故的路肩，每當交通警巡至，街坊便大叫：「的士佬，抄牌啦！」那些違例泊車的司機立即放下刀叉碗筷，像大遷徙的非洲野牛般，從大排檔奔跑而出，趕快把車開走，久而久之，「的士佬」漸漸變作大排檔的招牌名號。

我回到車上，換上太陽眼鏡，把車開出大路。

年輕時，師叔像一頭野牛，體格強壯、性格固執、格鬥勇悍。那時候，我們一班初入師門的晚輩，對師叔非常佩服，都把他視作功夫巨星。每當他練習舞獅，我們爭着替他舞「獅尾」，即使跟在他的屁股後面，也是一項榮耀。

交通燈號轉綠，前面的汽車徐徐開動，我跟在後面，駛過十字路口不久，發覺右側的小巴長者司機有意切線，正蠢蠢欲動。反正不趕時間，我乾脆減慢車速，讓他開過來，為免他急於切線，估計錯誤，擦花我的車子，到時要他賠錢，討價還價，費時失事。

師叔喜歡找我舞「獅尾」，因他看中我的身手靈活、彈跳敏捷、腰馬步法，我都練得中規中矩。還記得每次練習，鑼鼓一起，我隨他打一個側空翻，躍向平鋪地上的「獅頭」和彩布，他雙手抓起「獅頭」，高高舉起，威風凜凜。而我則低頭鑽進彩布底下，聽着鑼鼓的節拍，緊隨他的步形身法，踏七星，踩八卦，打四門，前後配合，一同演繹獅子的喜、怒、哀、樂、動、靜、驚、疑等八態，充當他的「最佳拍檔」，協助他「採青」，分享觀眾的掌聲和喝采聲，那些年，在我幼小的心靈中，覺得是一項莫大的成就。

在小巴後面，不敢跟車太貼，小巴司機為了多賺十元八塊，往往不顧後果，隨時隨處急停上客。

過了一段日子，當長輩在空地上用一根根粗木柱築成梅花樁陣，師叔開始在梅花樁上練習舞獅，便不再找我舞「獅尾」。我初時不明白，以為有什麼地方做得不好，失去師叔

的信任，一度情緒低落。後來師叔解釋，在梅花樁上舞獅，技巧和體力要求跟在平地上大有分別，他需要一個氣力大的「拍檔」，協助他上竄、下跳、過樁、高躍，尤其當「青」佈置在樁底，「獅頭」要用雙腳勾住樁頂，倒懸下去「咬青」，完成後，「獅尾」要從後大力拉扯，協助「獅頭」騰返樁頂。我的個子小，氣力小，並不勝任。

前面的小巴，又在雙黃線路邊的交通燈前停車上落客，我無奈煞車，縱然是綠燈，亦沒法前行，後面的司機發出怒罵般的響號長鳴。我後悔剛才一時心軟，讓那小巴切線。

師叔挑選我們晚輩中個子高大的師兄試舞「獅尾」，雖然那些師兄長得牛高馬大，但不勤練功，就連基本馬步也紮不穩，不是先從樁上失足丟下，就是支援「獅頭」力量不足，經常連累師叔摔落梅花樁，摔得手損腳爛。

固執的師叔堅持練習，這個當「獅尾」的不及格，改試另一個，一連試了好幾個，結果都沒一個完全合意，令師叔的樁上獅藝大大失色。

從那時候開始，我暗自立志，每天多吃飯，加倍鍛煉肌肉，盼望快高長大，再度成為師叔的「拍檔」，一同征服梅花樁。可惜，造物弄人，當我長大後，適合上樁舞「獅尾」，師叔已被逐出師門，我與他再也無緣在椿上共舞，成為我一生的憾事。

完成上落客，小巴終於開行，可是交通燈號亦由綠轉黃，我估計，作一次短距離加速，勉強可在紅燈亮起前衝過十字路口。正當我踩下油門之際，一人從行人路撲出，攔在車頭前面，嚇得我立刻緊急煞車。車雖停下，但衝力仍在，車身猛力搖晃，我的上半身也前搖後晃，後頸登時隱隱作痛。後面又是響號長鳴。後面的車子沒追撞我的車尾，已屬萬幸。

我一邊揉搓後頸，一邊看清楚那個突然衝出馬路的冒失鬼是什麼人？

「嗨，阿 Wing。」

那人竟是 Ada！

「你不要命麼？Ada——」我咆哮，「你可別連累我撞車呀……咦，你要幹什麼……」

Ada 老實不客氣，竟拉開我的後座車門，把挽着的大小購物袋，一共十個，統統塞進後座車廂，然後鑽進副駕駛座，關門坐定，安安穩穩地扣上安全帶。

「砵——砵——砵——」後面那些焦躁的司機紛紛大力響號，不住催促。

眾怒難犯，我唯有先行開車，待到達適合停車的地點，再趕Ada下車。

Ada是我的上司M的秘書，一個典型的辦公室花瓶，上班時開小差塗指甲、畫眼線，不在話下，又經常趁M不在辦公室，溜出去逛街。

「喂，Ada，M不在office，你更應留守崗位，至少替M接聽電話。」

「M在office啊。」Ada輕鬆自若。

「現在，午飯時間已過，但你還在街上……」我瞧瞧腕錶，「你愈來愈過分了。」

「M批准我遲些回去。」Ada噘噘嘴巴，「換季清貨大減價嘛，價錢真的好抵呢，嘻嘻，我初時告誡自己，只買少許，誰知店員告訴我，多買一件，再打折，買得愈多，省得愈多，於是我買了一件又一件，結果一發不可收拾，變成這個樣子，滿載而歸。」她以欣賞的目光回望後座，「幸虧你經過。你有所不知，挽着這些戰利品，狼狽極了，我在馬路邊站了很久，一輛的士也不見，馬路邊又悶熱又多煙塵，我正擔心臉上化妝溶掉，你就在我前面駛過，我向你招手，你偏偏看不見，幸虧轉紅燈，趁你還沒開車，便跑往路口把你攔下，跑那一段路，幾乎把我的鞋跟弄斷，真要命呢。」她回身從一個購物袋裏取出一雙新鞋子，「不過，弄斷了，也不打緊，我已買了新的，嘻嘻。」

我瞥了一眼 Ada 腳下的四吋高跟鞋，想像她剛才雙手挽着十個購物袋，在凹凸不平的地磚行人路上跑動，能夠保持平衡，難度不低於在梅花樁上舞獅。

「唔，阿 Wing，我知道我的腿很美，你也不用眼怔怔的，嘻嘻，小心開車唷，你若喜歡，待會下車，我讓你看個飽啊。」

「作嘔呀……」我打個冷顫。

「軋——鈴鈴——」我的手機先震後響。

「喂，是誰？」我啟動免提接聽。

「阿 Wing，我是警察部重案組的張秀雯督察。」

「Hi，Madam Cheung 很久沒見，你好嗎？」秀雯督察曾與我合作辦案，是少數知道我的特工身分的警務人員之一。

「不過不失啦。喂，阿 Wing，你認識一個叫李權的人嗎？」

「李權……認識，他是我的師叔。出了什麼問題嗎？」

「他目前在旺角警署，你最好過來一趟。」

「發生什麼事？」

「事情有點複雜，見面再說。」

「好，即到。」我掛線，轉檔加速。

「等一下，阿Wing，我不去旺角。」Ada面露難色，「你讓我下車，我改乘的士……」

「難了。」

「難什麼？」

「你暫停欣賞血拚戰利品，抬頭看看我們在哪裏。」

「噢！海底隧道！」

「你在旺角轉乘地鐵吧。」

「Oh——No——」Ada抗議無效。

師叔明明說要去旺角找古大威問話，為什麼跑進旺角警署？聽秀雯督察的語氣，多半不是好事。

師叔到底惹上什麼麻煩？

二十年不是一段短日子，旺角的變化簡直翻天覆地，物既不是，人亦全非，接到秀雯督察的電話，師叔這趟重出江湖，我開始有不祥的預感。

2

旺角的橫街經常無緣無故堵車。

堵塞嚴重時，車輋移動的速度跟蝸牛蠕動相差無幾。

每當交通擠塞，汽車響號就像林間蟬噪，聒噪不休。當然，此噪不同彼躁，蟬噪林愈靜，人躁號更響。暴躁的人旨在發洩，縱然把方向盤上的「喇叭」按爛，對道路的暢通沒半點幫助。當堵塞的因素消除，後面的司機把車開到剛才的堵塞路段，或會發現一切如常，可能是違規上落貨物的貨車開走了，也可能非法泊車開走了，總之原因不明。

堵車對路人來說，卻是一種方便，可隨時隨處橫過馬路。師叔就是這樣，隨意踏進充斥着廢氣和怨氣的車路，吃着煎釀三寶，從容穿過兩輛被迫滯留在路中心的汽車之間，走進一棟商業大廈之內。

他嚥下一瓣魚肉釀青椒，味道雖還可以，但他總是懷念舊日的街頭熟食小販，現在熟食店炮製的煎釀三寶，吃進口裏，不知怎的，就是欠缺傳統的旺角風味，正如找孱仔威，不往冷巷天台後樓梯，竟要乘搭升降機到商業大廈五樓寫字樓，師叔感覺有點超現實。

他步出升降機，把只剩下竹籤、鼓油、辣椒油的紙袋掉進走廊牆角的垃圾桶內，抬頭閱讀寫字樓的招牌，直至找到「大威財務公司」。

時代不同了，商業社會事事講究包裝，什麼「大耳窿」、「吸血鬼」、「貴利王」等嚇人稱號，早被淘汰，代之而興的是財務公司，名頭亮麗，減少黑幫色彩，令無知而又財困的人容易上釣，推門入內，借錢解決燃眉之急，卻是飲鴆止渴，掉進另一個更大的財務陷阱，財困加劇，泥足深陷。

師叔推門入內，「公司」的裝潢陳設，與一般寫字樓無異，硬件似模似樣，軟件卻不知所謂，「接待處」坐着一個身穿黑色背心，露出右臂龍紋身的「金毛飛」正低頭玩手機，他沒瞧進入的人一眼，只發出平板的聲音，給對方兩個選擇：「借錢直入，借廁所過主。」

師叔不理會他，大步「直入」辦公室。

「辦公室」裏擺了幾張寫字檯，沒屏風間格，地上散滿紙屑、煙頭、啤酒罐，周圍或坐或站着五個賊眉賊眼的大漢，其中一人主動跟師叔打招呼：「大叔，手緊嗎？我來幫你，過來這邊辦手續。」

「我找大威。」

「我就是大威。」

「你不是大威。」

「這裏是大威財務，我們每個職員都是大威。」那大漢賊笑。

其餘的人報以哄笑。

「我找你的老闆大威。」師叔沉住氣。

「借些少錢，無需驚動老闆，我替你搞定，包你滿意。借多少？十萬夠嗎？」

「我不……」師叔搖頭。

「五萬，最低消費，實收四萬五，另收填表費三千，即時批核，現金交收，易借易還，來，把身分證給我影印便可。」

「我再說一句，我不是來借錢！」

「咗！入來財務公司不借錢，白撞嗎？」

「我找你的老闆。」

「老闆在經理室裏吃午餐，不見客。兩小時後回來碰碰運氣啦！滾蛋！」大漢伸出左掌推向師叔的肩頭。

「挪開你的髒手。」師叔慍然。

「不挪又如何……呀——」

師叔反手扭住大漢的左腕，使力下壓。那大漢的腕關節受創，跪在地上，痛苦呻吟，豆大的冷汗從額角冒出。師叔甩開他，直闖經理室，心裏嘀咕：「裝模作樣擺臭架子，小混混自封經理，穿起龍袍不似太子。」一掌擊開房門，但見一人伏在桌上用鼻子吸啜桌面的白色粉末。

「誰呀？」

「大威！」

「我是李權，由廈門來找你。」

「李……權……」那人仰臉，鼻頭黏着粉末。他瞇起雙眼，上下打量師叔。

「你不是大威，你是……白粉強。」

「啊呀，權哥，現在應叫權叔了，很久沒見啊！」白粉強認得師叔。

此時，外面的一眾大漢，除了手腕受傷那個，都拿起西瓜刀、牛肉刀、圓摺凳，如狼似虎的衝進來。

「沒事，沒事，不必大驚小怪。」白粉強揚手，「出去，都出去。」

「老闆，他打傷志明。」一人道。

「志明沒本事，不能怪別人。何況，栽在權……叔手上，受傷已算他走運。你們出去吧，別騷擾我跟權叔敍舊。」

「是。」眾人露出疑惑的神色，遲疑地退出「經理室」，心裏猜度這個權叔到底是何方神聖。

師叔從其中一人手上取過圓摺凳，撐開凳腳放在辦公桌前，在白粉強對面坐下。

「最後那個，替我關門。」白粉強用衣角抹淨口鼻，撥開桌面的雜物，擰開一瓶礦泉水，仰臉大大的吞了兩口，再用剩下的水洗臉。

門已關上。

「白粉強，算你有自知之明，不敢跟我硬碰。」

「當然，權叔若要動我，外面那幾個酒囊飯袋根本擋不住。不過，權叔已退出江湖，我跟你又素無過節，你沒理由要找我麻煩。」

「我來大威財務，當然找古大威。」

「哈，權叔，你收的風過時了。現在，大威財務沒有古大威。」

「發生什麼事？」

「那個古大威犯法被捕，罪證確鑿，被判入赤柱坐牢，已一年有多。龍頭老大和白頭軍師對他失去信心。相反，我替社團立功，老大和軍師欣賞我的辦事能力，把財務公司交給我接手。」

「財務公司經理是人皆渴望的油水職位……」師叔瞅着辦公桌後面的夾萬，「說不定，古大威是被你坑的。」

「當然不是，他坐牢是咎由自取，而我只是暫時接管財務公司，若我有心長期霸佔，早把招牌改為大強財務了。」

「算了，你們的家事恩怨，我不管，我只想找古大威，可在哪裏找到他？」

「樓下。」白粉強轉頭，瞥一眼窗外。

「樓下？」

「對面街那間威威熟食店，是他開的。」

師叔聞言離座，走到窗前俯視對面街，原來是剛才光顧的熟食店，竟是古大威的，登時錯愕不已。

「那傢伙坐牢坐壞腦，出獄後説要洗心革面，重新做人，竟在樓下經營熟食店，今午還使人送了一份煎釀三寶上來給我，味道怪怪的，極度難吃。」白粉強輕踢檯邊的垃圾桶，「扔掉不可惜。」

師叔回望那垃圾桶，桶內的釀青椒、釀茄子、釀豆腐，跟他剛才吃的一模一樣，雖不算特別好吃，卻不至於難吃，心想白粉強這傢伙，吸毒太多，壞了味覺。

垃圾桶內散發一股古怪的氣味，大概桶內有別的污物，加上煎釀三寶的醬汁，怪上加怪，白粉強坐在旁邊，卻渾然不覺，他不止味覺壞了，嗅覺也出了問題。

白粉強仍在批評：「這種水平的食物，不消三個月，肯定關門大吉。」

「打擾了。我下樓去找孱仔威。」師叔既然知道古大威的下落，亦不花時間聽白粉強胡言亂語。

「權叔待會上來，我請你去喝茶。還要通知白頭軍師。二十年不見，我們好好聚一聚。」

「待你吃飽『午餐』再説。」

「對對對。」白粉強從名片盒裏抽出一張名片作工具，熟練地把桌面的粉末撥聚成條狀，「不送了。」

師叔皺眉蹙額，心想這毒蟲沒得救了，遲早被毒品害死，臨行前，仍拋下軟弱無力的一句：「戒毒吧，害處你自己曉得。」

「我有分寸，沒事的，我可以自制，不會過量。請替我關門。」

師叔關上門，慢慢步出「大威財務」，無視背後那些憎恨和奇怪的眼光。

在師叔記憶中，古大威跟自己是兩個極端的人物，二十多年前，師叔以拳頭把油尖旺的黑幫據點一個一個的打下來，那時候，古大威出道不久，儘管他的身形瘦削，不擅打架，卻令人不敢輕視，因他屬於那種「食腦」的智慧型罪犯，精於鑽營，謀算準確，曾經使出一條反間計，導致敵對的黑幫內訌，自傷殘殺，不動一根指頭，傷敵的數目，比起「食力」的師叔率眾連續幾天「開片」還要多。因此，古大威爬升很快，龍頭老大經常委以重任。雖然短時間內他在黑道建立起聲望和勢力，但表面上作風並不囂張，尤其對師叔這些前輩，總是謙讓尊重，強調以和為貴，賺錢為重。

後來龍頭老大差派古大威坐鎮「財務公司」，師叔覺得理所當然。不過，古大威向來行事小心，對於白粉強所說什麼犯法被補，且留下罪證，被判入獄，師叔大感意外。更意外的是，古大威竟然出獄後洗心革面，經營熟食店，師叔就難以理解了。待會見面，除打聽陸律師的事，定要問他在獄中受到什麼刺激，作出這個一百八十度的轉變。

來到街上，車路的交通已恢復暢通，師叔唯有改用斑馬線，隔着車來車往的雙程路，望向威威熟食店，跟二十分鐘前一樣，臨街的櫃檯後，站着兩個女工做賣買，不見任何貌似古大威的人。不過剛才買煎釀三寶時，師叔記得店內有個只穿短褲的男人，光着上身挨坐牆角睡覺，那人用攤開的娛樂八卦雜誌蓋着頭臉，遮擋光線，看不到容貌，但他那三十六吋以上的腰圍，體形一點也不孱弱，這不會是古大威，他可能不在店內，也可能並無其事，或許白粉強吸食白粉太多，腦筋出了問題，胡說八道，總之過去查問一下。

快到威威熟食店，一個中年漢子從店裏出來，跟師叔打個照面，那人高大黑實，亦不是古大威。

師叔走到店前。

「阿叔，食過返尋味，再買煎釀三寶嗎？」其中一個滿口鄉音的女工認得師叔。

「不，我找古大威。」

「老闆……」女工回頭喊道，「有人找你。」

「真的在這裏？」師叔打量店內。

「啊——」那挨坐牆角的男人撥開臉上的雜誌，雜誌「噗」的一聲丟地，儘管那人滿臉風霜，上唇多添兩撇八字鬍，師叔仍一眼認出他——

「孱仔威！」

「你是……」古大威站直身子，踩過丟在地上的雜誌美女封面，走近櫃檯，努力地睜開惺忪睡眼：「噢！權哥！你是權哥，吹什麼風呀？許久沒見呢！」他急急抓起擱在紙箱上的襯衫，套在身上，拍拍圓肚，「現在，已再沒孱仔威，只有肥威，哈哈。」笑着迎出店外，親切地握着師叔的手，「這兒地方淺窄邋遢，我們到光記吃下午茶，邊吃邊聊，一起走吧。」

師叔不打話，只管跟着發胖的孱仔威走進隔壁的光記茶餐廳，還未坐下，夥計已趨前招呼：「肥威哥，要熱鴛鴦、菠蘿油，對嗎？」

「對。」

「這位呢？」夥計改問師叔吃什麼。

師叔隨口應道：「跟他的一樣。」

古大威選了背向後門的方桌坐下，面對正門，江湖人物的慣常坐法，可以看見什麼人進來，也可隨時從後門溜走。雖已是熟食店老闆，習慣一時改不了。

「權哥，別來無恙吧？」古大威用拇指和食指捋摸唇上的八字鬍。

「還可以。」師叔壓下喪女之痛，抖擻精神，坐在他的右側，架起腿以試探的口吻道：「傳聞你在旺角吃大茶飯，原來是假的。竟開熟食店，怎麼了？不搞偏門買賣了？」

「傳聞倒也假不了。小店最出名肉骨茶、糯米飯，每天弄大大鍋，也算是大茶飯。」

「肉骨茶？糯米飯？剛才我只見煎釀三寶、豬皮、魚蛋、臭豆腐。」

「權哥你有所不知了。我為追求品質，拒絕粗製濫造，每天只賣一百份，中午前賣光。明天你過來，我各留一份給你嚐嚐。」

「對呀！肥威哥的肉骨茶和糯米飯非常好吃，遠近馳名。」夥計送上食物，忍不住插口推介，「每天還沒開舖，顧客已排隊輪候。」

「真想不到，你竟懂得煮肉骨茶、糯米飯。」師叔瞧着古大威，感到刮目相看。

「我不懂的，全憑契爺。」

「契爺？」

外面傳來陣陣警笛聲，一輛警方的衝鋒車從茶餐廳門外駛過。

「契爺是南洋華僑，有幾頁祖傳食譜，廚藝挺耍家。我們在赤柱同倉，他很關照我，教懂我許多做人的道理。我們在監裏一同參加《聖經》班，一同信教，出獄後，我不再沾染偏門買賣，改做正行生意。《聖經》說，忘記背後，努力面前。」古大威呷一口鴛鴦，「現在，我餐餐吃安樂茶飯，晚晚睡得安安穩穩。」

「浪子回頭……」師叔端起茶杯，垂頭沉吟，回想古大威在熟食店內靠牆小睡的模樣。

「你遲來一步，契爺今天不舒服，剛去找醫生，不然，我介紹你們相識。」

「是不是黑實高大的……」

外面，警笛聲再響，不一會，一輛救護車停在門外，車頂的緊急燈號不停閃動。大概樓上某個單位有人需要救援。

「對了。」師叔放下茶杯，「言歸正傳，大威，我找你打聽一個人。」

「誰？」

「陸志仁律師，你認識嗎？」

「前晚在西貢火警喪生的陸律師？我認識。」

「你跟他有什麼往來？」

「我打算買店舖大展拳腳，最近委託陸律師辦理法律文件，購入附近一間較大的食店，手續已搞得七七八八，誰知飛來橫禍……」

就在此時，茶餐廳的玻璃門打開，那在「大威財務」被師叔打傷的志明領着兩名警察跑進來。志明看見師叔和古大威，便指着大叫：「就是他！」

乍見警察，陋習難改，古大威即從椅上彈起，待要逃往後門，大概想起自己已非旺角小混混，乃是正當生意人，又察覺志明所指的「他」並不是他，而是師叔，才穩住腳步。

「就是他殺死我們的老闆。」志明走到桌前，指着師叔。

「喂，志明，你胡說什麼？」古大威擋在師叔跟前，「到底發生什麼事？」

「強哥死了，兇手就是這個李權。」

「白粉強死了？」古大威為之愕然，「不可能！權哥一直跟我在這裏喝茶，茶餐廳的人都可作證……」

「先生，請你讓開，不要阻差辦公。」一名警察輕力推開古大威，「誰是兇手，我們自會調查。」

另一名警察取出手銬，正色對師叔作出警誡，「你涉及一宗兇殺案，我現在拘捕你，你有權保持緘默……」

「廢話少説。我跟你們回警署。」師叔氣定神閒，雙手握拳舉起，讓警察把他鎖上手銬。

3

「Madam Cheung，容我再說一遍，我的師叔是無辜的，他已把今天在旺角的行程向大家交代得一清二楚，白粉強不是他殺的。」

「兇手主動招認自己殺人，我當差多年，從沒見過。」

「師叔為人耿直，說一不二，是他幹的，他不會抵賴。」

「阿Wing，你也是行內人，不用我解釋，辦案講求證據。相反，根據現場證人口供，李權是最後與死者單獨接觸的人，他離開死者的辦公室後，房門一直關上，沒人進出，直至死者的下屬開門發現屍體。所以，李權的嫌疑最大。」

「密室殺人，嘿嘿，也是一面之詞，那些所謂證人全是專門偷呃拐騙的旺角小混混，他們的口供不可靠。Madam Cheung，據師叔所說，他離開那財務公司時，白粉強正在吸毒，他會否死於吸毒過量？」

「驗屍報告還沒收到，關於這點，我存疑。」

「其實無需驗屍報告，你見過屍體的，告訴我，死者身上有沒有明顯的外傷，例如骨折、瘀傷、關節錯脱之類？」

「你這樣問，什麼意思？」

「師叔練的是外家功夫，他的一雙鐵拳就是致命武器，赤手空拳打死人，不足為奇，應注意的是，死者身上必有大範圍的表面傷痕。」

「唔，死者身上確有傷痕，傷痕很古怪。不過，我可以肯定，並非你所説的外傷。」

「那是什麼傷痕？」

「我不敢妄下判語，留待驗屍官分析吧。」

「不管驗屍官的最終分析如何，既然白粉強非因外傷致命，足以證明，兇手另有其人。」

「阿Wing，請拿出證據來，用證據説服我。」

「好，我這就上去找。」

「有用的證物都已運返重案組。」

「重案組我稍後才去，先到兇案現場瞧瞧，了解環境佈局，有助思考。」

「兇案現場已被警方封鎖，看守的警察不會讓你進去。」

「有你同行，警察自然放行。我們走吧。」

「唉，拿你沒辦法，我陪你上去，有言在先，下不為例，但……」秀雯督察指一下車廂後座，「她怎樣？」

「她嗎？她會拿着她的血拚戰利品，獨自前往乘地鐵，返回office。」

「我不獨自去乘地鐵，我要跟着你們。」Ada一臉慌張，「看，滿街都是賊頭賊腦、惡形惡相的男人，我擔心他們劫色。」

「街上也有很多警察，保護市民安全。」秀雯督察推門下車。

我與Ada跟在秀雯督察後面。

馬路兩旁的確聚集了許多小混混，三五成羣的，散佈周圍，有些坐在欄杆上抽煙，有些靠在牆邊玩手機，有些光顧威威熟食店吃煎釀三寶，有些無所事事的來回蹓躂，有些留在茶餐廳裏喝凍奶茶，都不時抬頭注視商業大廈五樓，以及留意進出商業大廈的人。

「黑幫分子不是害怕曝光的嗎？幹什麼明目張膽在街上流連？」Ada躲在我與秀雯督察之間。

「在街上流連並不犯法。」秀雯督察取出證件，別在襟前，走進商業大廈前故意提高聲線，「不過，若有人作出或企圖作出犯法行為，警察一定執行職務，決不姑息。」

幾個站在商業大廈出入口兩旁的紋身漢子，瞧一眼我們，悻悻然走開。

「幫會的骨幹成員在幫會的錢莊內被殺，錢莊又遭警方封鎖，他們不緊張才怪。」我掃視前後左右。

「什麼錢莊？」Ada問。

「案發的財務公司就是他們的錢莊。」秀雯督察來到升降機大堂前按鍵，升降機門打開。我們進入，升降機徐徐上升。

「黑幫傳統的營運方式是現金交易，他們害怕銀行戶口隨時遭警方凍結，都把現金存放在自家的錢莊裏。黑幫經營的財務公司是其中一個理想的存放地點，如今錢莊出事，他們當然空羣而至。」我道。

升降機停在五樓。

「你們等一下，我跟看守現場的警官交代一聲。」秀雯督察離開升降機。

我與 Ada 站在走廊前端等候。

「喂，阿 Wing。」Ada 盯着漸漸走遠的秀雯督察，用肩頭撞我一下，「你跟她很熟絡吧？」

「有點交情，不算熟絡。」

「那就好了。」

「你想說什麼？」

「她跟你不合襯。看，她的三頭肌起腱呢，比男人更粗魯。」

「這叫豪邁，你說話小心點，她是業餘拳擊選手，如給她聽見，不高興的話，可一拳打脫你的牙關。」

「怪不得，原來是個打女。」Ada 壓低嗓門，「樣子不過不失啦，最大的缺陷是平胸，毫無體態美。我知道，你們男人喜歡玲瓏浮凸。」她故作嬌媚的雙手叉腰，交叉雙腳，原地自轉三百六十度。

「你自重兼自量吧。」

「你們過來吧。」秀雯督察在「大威財務」門外向我們招手。

「來了。」我應了一聲，撇下Ada不管，快步走過去。

「大威財務」門口橫貼着警方的塑膠封條，看守的警察把封條扯高，讓我們俯身入內。秀雯督察按住Ada的肩頭，在她的耳邊低聲說：「小心聽清楚，你再亂說一通，我一拳打扁你的假胸。」

「啊！」Ada交疊雙手，掩住胸口，倉皇跑到我的身後。

「假的嗎？」我托托眼鏡，忍俊不禁。

「你倆都欺負我……」Ada漲紅着臉。

秀雯督察戴上口罩和手套，另把一雙手套遞給我，回頭警告Ada：「你給我站定，不准觸踫任何物件。」隔着口罩，她的聲音變得低沉和模糊。

「知道，明白了。」Ada不住點頭。

我也戴上手套，瞄瞄秀雯督察臉上的口罩。她會意，細聲解釋道：「我有鼻敏感，常因氣溫急變而不適，也對灰塵過敏，走進打掃不夠乾淨或通風不足的地方，噴嚏就停不下來。」她的聲音更加模糊。

「這個賊窩，出入的人只會弄污，不會清理，肯定充斥各種過敏源。」我寄予同情，「難為你了。」

「這就是工作了。」秀雯督察拉緊口罩。

案發地點即使是更髒的公廁、垃圾房，辦案的人亦要進去，這就是工作，我點頭認同，慢慢走進辦公室，四下打量，這裏長期沒人認真清潔，文件櫃和辦公桌都積了一層稀薄的灰塵，紙張、檔案胡亂擺放。桌底的廢紙簍塞滿垃圾，旁邊棄置着帶有食物殘渣的外賣飯盒和捏扁了的啤酒罐，煙頭到處都是，牆壁遺下弄熄香煙的污印。

「周圍這麼骯髒，一陣臭味，不惹老鼠、蟑螂才怪。還有，這些貸款表格應該歸檔……這些檔案夾應該插回文件櫃內……這些文件櫃應該上鎖……」就連懶惰秘書 Ada 也看不過眼。

「Ada，眼看手勿動！」我好意提醒，「勿把 Madam Cheung 的警告當作耳邊風。」

「噢！」Ada 馬上醒覺，急急縮回伸向一堆表格的右手，暗暗吐舌，「對不起……」

秀雯督察橫了 Ada 一眼，轉頭把下巴翹起，向我指示兇案現場的位置，道：「死者在那間經理室內遇害。」

「且看可有線索……」我來到經理室門外，門框完好無缺，門鎖操作正常，兇手並非破門而入。

進入經理室內，窗子全都關上，窗與窗框之間雖有罅隙，並不完全緊閉，但窗花堅固，兇手不可能穿窗入戶，所以，死者的確在密室內被殺。

桌椅家具擺放整齊，沒破沒爛，現場並無打鬥痕迹。陳屍位置以白色粉筆標示，就在辦公桌右側的地板上，屍體呈蜷縮狀態，面部向左，對正房門，背着夾萬。假若師叔是最後接觸死者的人，師叔離開時，死者正坐在椅上，啜吸桌面的海洛英粉末。稍有醫學知識的人都知道，吸毒過量的結果是急性中毒、昏厥、呼吸抑制、血壓下降、內臟受損。白粉強很可能因此神智不清，身體不受控制，從座椅上滑落地板，沒人及時發現，失救致死。

這推斷合情合理。

唯一不能完滿解釋的，是死者身上的古怪傷痕。

「Madam Cheung，形容一下死者身上的傷痕，可以嗎？」

「那些傷痕……細、密、淺……周圍的皮膚出現過敏的紅腫，像被某種昆蟲齧咬。而且，死者的口鼻滲血，可能是內出血。不過，仍是那句，個人目測不能盡信，應以驗屍報告為準。」

「某種昆蟲……」我突然打個冷顫，鄧輝那些天方夜談一般的口供，如浪花在我的腦海裏飛濺，包括冰鮮鴨、鄧輝的斷趾、浴缸裏的小莉……

雖然我有個想法，但這想法聳人聽聞，沒證據支持，説出來，秀雯督察只會以為我神經錯亂，因此，我需要找到證據。我一面暗罵自己神經病，一面蹲下，小心地察看地板、牆腳，逐分逐吋的擴大搜索範圍。蛛絲馬迹，多少總遺下一點點吧。

「阿 Wing，你嗅什麼？」Ada 大驚小怪，「站起來吧，你不是警犬啊！」

「閉嘴。」我繼續搜索，不放過柚木地板之間的隙縫，不管 Ada 和秀雯督察在我背後瞠目結舌。其實，我很矛盾，因我在找一些不希望找到的東西。所謂百密一疏，犯案現場不會「乾淨」得毫無痕迹。當然，那東西可能不存在，地板「乾淨」倒也合理。

可是，地板沒有，或因警察和救護員後來奉召到場，人多走動，破壞了證據。如果兇手從外面進入「密室」，殺人後能全身而退，作案期間，辦公室職員渾然不覺，似乎唯一的途徑是穿過窗子進出經理室。於是我放棄地板，走到窗前，仔細觀察，終於在窗花之間找到，天呀！真的給我找到——

「證據！我找到了！」我用兩根指頭把證據小心翼翼地拈起。

「那是什麼？」秀雯督察湊近，「乞——超——」她登時連打三個噴嚏，慌忙退開。

「我什麼也沒看見耶？」Ada 也靠過來。

「看清楚。」我把證據遞到她眼前。

「那是……那是……」

「蟑螂腿。」

「呀——」Ada給嚇得花容失色，也跑開了，「阿Wing，很噁心呀！變態佬！」

「別開玩笑了，蟑螂腿怎稱得上是證據！」秀雯督察已退到房門口。

「看，這根蟑螂腿多粗大，非比尋常，那隻缺腿蟑螂一定是龐然巨物。」

「不要說了，太可怕……」Ada神經質地檢查身前身後的地板。

「Madam Cheung，我有足夠理據把案件移交我們的部門跟進調查。」

「就憑一根蟑螂腿？」

「你忘了前晚西貢那宗獨立屋爆炸嗎？」

「前晚……西貢……」秀雯督察回想，「二死一傷，受傷的男戶主被困私家車內。他給的口供很古怪，實在不可信，我們懷疑他的腦袋給爆炸震盪而胡言亂語，也有人覺得他説謊……」

「本來我也不相信他，但現在改觀了。」

「就是因為這根蟑螂腿……」

「他指稱巨型蟑螂殺人，這根巨型蟑螂腿或可證明他沒説謊。如果他沒説謊，巨型蟑螂連橫殺人，案件極不尋常呢！」

「即使如此，也可讓我們警方繼續跟進。」

「涉及……生物武器，以警方的能力和經驗，恐怕不易跟進。由我們接手，相信警方高層樂意合作。」

誰不想甩掉這些無投公案？

「阿Wing，我知道案件一定成功移交，但，我有一個條件。」秀雯督察扯下口罩，她深諳警方高層的想法，「這本來是我的案件。我是一個有始有終的人，不輕易放棄。」

她的目光堅定不移，令我想起獅子山頂的巨岩。

我自問沒把握令她讓步。

「這樣吧，我可跟上級建議，需要警方派一位警官充當兩個部門之間的協調人。」

「一言為定，謝謝。」

天下之大，無奇不有。離奇兇案給我遇上，又與師叔有關，在公在私，再沒容許我有置身事外的空間。

我把蟑螂腿收進證物袋裏，轉身打算推開窗子，俯視街巷和外牆。窗子長期沒開，加上對外的窗框鏽蝕，需要用點力推開，卻又不敢太用力，以免整個窗框飛脱墜下，釀成高空墜物。

拿捏於力道大小之間，窗子勉強推開，詎料，陣陣焦臭嗆鼻的熱氣，從樓下酒樓廚房的排氣管飄升上來，我頓然打了一個大噴嚏。

住在旺角，有些位置真的不能開窗，就像這兒，不止酒樓廚房，還有對面街的熟食店、茶餐廳、街上的汽車，都無時無刻的排放廢氣。有窗開不得，室內的人依賴那些向內製冷、向外排熱的空調系統，導致惡性循環不斷加劇。

實在沒法忍受！

我唯有把窗子關上。

4

我費盡唇舌才說服師叔留在安全屋。

其實，師叔極力反對入住安全屋，理由相當充分。他回港唯一的目的是追查小莉的命案，親自逮住兇手，現在把他困在安全屋裏，沒法到外面偵查，他當然是千萬個不願意。

然而，我要他留下，亦不無道理。

雖然警方沒證據證明師叔殺死白粉強，但整個黑道都相信白粉強死於師叔手上，龍頭老大已下達江湖追殺令，以重賞換取師叔的人頭。師叔只消一現身，便要應付黑道中人的纏鬥圍攻，不僅難以抽身查案，而且雙拳難敵四、五十隻手，隨時陰溝裏翻船，被他們打傷，所以留在安全屋裏，受到專業人員保護，實乃情非得已。

兇案就留給我調查吧。

然而，當談到「專業人員保護」，師叔的反應就更大了。他圓睜雙目，指着陷在長沙發裏「嗒嗒嗒」的吃着熱狗，弄得嘴角沾茄汁、鼻頭沾芥辣的阿Ken，慍言道：「我不要一頭豬來保護，若是傳出去，我有何顏面在江湖走動！」

阿 Ken 是組織裏最胖、最資深的特工，他的年資與辦事能力成反比，年紀愈大，愈加貪生怕死，遇敵必逃，知難而退，平日貪吃懶做，脂肪愈積愈肥厚，師叔批評得沒錯，他像頭豬，早應調離前線或提前退休，然而他卻經驗老到，且有小聰明，有時能在關鍵時刻，來一個意想不到的點子，出奇制勝，所以我們對他總是睜一隻眼，閉一隻眼，派他執行一些無關痛癢的任務，例如陪伴師叔，只要無需冒險，他甘心樂意被投閒置散。

對於師叔的詰問，我唯有給予一個模棱兩可的回答：「敝組織臥虎藏龍，真人不露相，總之，你別小看阿 Ken。」

勉強安撫了師叔，把他安頓在安全屋後，我們繼續研究那份陸律師的通訊名單，很快圈出三個有點特別的人，我把其中兩個交同事跟進，我負責查問一位退休的生物學教授司徒瓚。

秀雯督察要跟我一起前往，因當年她讀大學時，曾修讀過司徒教授的課堂「生態學入門」。在她的記憶中，司徒教授的行為可歸類為古怪，不過……

「他這種古怪與犯罪無關，只是生活態度和方式異於常人。」秀雯督察稍作解釋，免我誤會。

我也不認為退休大學教授有份參與連環謀殺，但案件與巨型蟑螂有關，司徒教授對生態學素有研究，又與陸律師扯上關係，說不定在他身上，可發掘出一些眉目。

5

當殘陽落盡西山，天色迅速轉暗。我和秀雯督察來到上水鄉郊一處莊園外面，按下大閘旁的門鈴。園內平房式的主屋傳來狗吠，顯然門鈴已響，無需再按，接着大閘上方的電燈亮起，更確定屋主知道有客到訪。

唯一可做的是等待屋主出來開門。

我踢着地上的碎石。

秀雯督察安靜地燃點香煙。

過了一會，一個菲律賓女傭從主屋姍姍而來。秀雯督察亮出證件，簡述來意。女傭拉開大閘，遙指主屋右側的圓拱形玻璃溫室，説明司徒教授在那兒工作，我們可直接過去。

一條長約四、五十碼的碎石小徑連接大閘與主屋，小徑兩旁的草坡地上，疏落的栽種着果樹，小徑在主屋前分岔，支路通往溫室。溫室的落地玻璃灑出來的燈光，照亮小徑上的碎石，不經意的，也讓路人看清楚狗糞的位置，免於誤踩「地雷」。那些未結果實的果樹，樹影綽綽，天上的星光在疏密有致的枝葉之間閃爍。秀雯督察來到溫室門外，弄熄煙頭，吐出最後一口煙，煙像白色的夜霧，淡淡的飄向空中消散。

一個禿頭白鬚、臉頰紅潤的老者在溫室裏忙這忙那，看似不知我們站在門外。

我用指頭「咯咯咯」的敲響玻璃門。

「進來吧，門沒上鎖。」老者中氣十足，隔着厚玻璃，他的聲音清晰可聞。

我於是推門入內，剛張口問好——

「不要動啊！後生仔，性命攸關，你千萬不要動！」老者突然十萬火急地揚聲喝止。

而他的喝止對象明顯是我。

我無故被他一喝，又不知做錯什麼，只知關乎性命那麼嚴重，頓然慌得像被人點穴一般，全身僵硬，為免行差踏錯，即使姿勢有點滑稽，也佇立不動，眼望前方，嘴巴半張，左手握着門把，右手抬起，五指張開，上身傾前，左腳留在門外，右腳踏前，尚未踏進溫室。

老者氣急敗壞地跑過來，蹲在我的腳前，在我的右腳鞋底與地板之間，撿起一物，呵護備至地捧在雙掌之中，溫柔地說：「寶貝，沒事的，不要怕，老天爺有眼，幸好沒給他踩傷你。」

「請問，我可以動嗎？」

「可以了。」老者捧着那物走近一個透明容器。

我踏足落地，肯定鞋底沒踩着任何東西，便好奇地跟在老者身後，瞧瞧他手上的是什麼東西，一看，立時毛管直豎，渾身起了一陣雞皮疙瘩，原來他捧着一條粗若拇指、長如蠟筆的綠色大肥蟲。

那肥蟲在他掌中蜷曲爬動，所過處留下一線近乎透明的潺液，樣子又醜又笨，一見嘔心，再見吐血，老者竟呼牠作「寶貝」，難怪秀雯督察稱這人古怪，令人難以理解。

「乖，寶貝，不要再偷走啊。」老者把肥蟲小心翼翼地安置在透明容器之內，再折一片鮮嫩的西生菜葉，放在牠的身旁，不知是給牠作睡墊，還是供牠進食？

放眼玻璃溫室四周，盡是令人反胃的東西，長檯、木架上的大小容器裏，全是各色各樣的昆蟲，諸如蜘蛛、蜈蚣、虎頭蜂、蝸牛、蟾蜍、蒼蠅、白紋伊蚊、螞蟻、蚱蜢、蟋蟀、石蛾、蜻蜓、蟑螂、毛蟲、蝴蝶、螻蛄、螳螂、竹節蟲、吊絲蟲、青蛙……

「張秀雯，許久不見。你來探望老師，真好。」老者一直低頭餵蟲，「還帶男朋友來讓我過目。」

「司徒教授，你好。請別誤會。」秀雯督察早已戴上口罩，「他叫阿Wing，是我的拍檔，我們登門造訪，是為了查案，請教你的專業意見。」

「查案？我只懂得這些昆蟲……」司徒教授環顧溫室四周。

「案件的棘手之處，就是我們不熟識昆蟲。」秀雯督察隨着他的視線四下張望。

「你們找對人了。你們可知道，昆蟲是地球生態不可或缺的一環，佔地球生命的三分之二，牠們的存在與地球的生態平衡息息相關，最近有德國科學家指出，自九十年代以後，德國的昆蟲數目下降76%，牠們是食物鏈的重要環節，數目下降或部分品種消失，會產生連鎖性負面影響，人類最終亦不能獨善其身，愛恩斯坦說過，如果地球上的蜜蜂消失，人類只能存活四年……」

「教授，你有沒有研究蟑螂？」我不得不打斷司徒教授的「授課」。

「蟑螂？有的。那邊有些香港常見的德國蟑螂 Blattella germanica，過來過來……」

「我指的是這個品種。」我取出那根在「大威財務」發現的蟑螂腿。

「啊——呀——」司徒教授是識貨之人，一看見蟑螂腿，就放下手上的東西，跑回來拿鉗子，從證物袋裏把蟑螂腿取出，移到燈光下，仔細檢視，「嘩！我從沒親眼見過這麼巨型的品種呢！」

「來自南美洲的嗎？」

「做個小實驗便知道。」司徒教授拾起剪刀，沒徵詢我的同意，即從蟑螂腿剪下一小截，放在玻璃盤裏。我待要勸阻，秀雯督察用手肘碰了我一下，着我忍耐，讓司徒教授繼續做他的小實驗。

對，不剪也剪了，勸也沒用，且看他做什麼實驗。

但見他劃亮火柴，丟進玻璃盤內。

蟑螂腿遇火即焚。

「火燒蟑螂，有何特別？」秀雯督察問。

「你們聽我說，蟑螂的歷史可追溯到遠古三億二千萬年前，今天，曾是地球霸主的恐龍只剩得化石，蟑螂仍然生龍活虎地爬來爬去。蟑螂的生命力，之所以異常頑強，牠們的甲殼是其中一項天賦，除了保護軀體，蟑螂甲殼的化學成分很特別，甚具營養價值，近年有人成功提煉蟑螂甲殼素，應用於醫藥、美容、健康食品等。」司徒教授又開始授課，「而蟑螂甲殼的化學成分，受環境因素影響，出現適應性的變化，南美洲的巨型蟑螂Periplaneta americana，生活在亞馬遜河流域……」

「哦！牠們是水上居民，我明白了，這種易燃的蟑螂甲殼並非來自南美洲。」

「孺子可教也。」司徒教授不介意我插口。

「那麼，這品種產自何地？」秀雯督察接着問。

「你們把這根蟑螂腿留下，讓我慢慢探究。放心，我保證，不會再剪它或燒它，交還時分毫不少。」司徒教授莞爾。

「聽説，這種蟑螂的攻擊力很強，牠們的翅膀發達，能飛；一雙前肢長成鋒利的鐮刀狀，能傷人。」我扼要地複述鄧輝的供詞。

「一般昆蟲不會主動攻擊人類。」司徒教授沉吟。

「的確已有人受傷，而且，是受到聯羣結隊的攻擊。」

「罕見……」司徒教授看一眼我們，「你們追查下去，萬一……我説萬一，遇到類似的攻擊，又沒殺蟲水在身，可以製造煙霧，濃煙濁霧能干擾牠們的費洛蒙 pheromone。費洛蒙是昆蟲分泌出來的信息素。這樣，使牠們亂作一團，你們便可脱身。」

「多謝老師的提點。」秀雯督察笑道。

「你們還有其他問題嗎？」

「對啦，你認識陸志仁律師嗎？」我問。

「Ivan？當然認識。他是亡妻的外甥，對我這個獨居老人很有心，間中前來探望，上星期才打電話給我，問候幾句。」司徒教授頓了一頓，覺得不妥，反問：「他出了什麼事嗎？」

「很遺憾，陸律師前晚過世了，我們正追查這宗案件。」秀雯督察為司徒教授難過。

「啊！」司徒教授緩緩坐下，垂下頭，低聲問：「好好的一條生命，年輕有為，怎會就此結束？是兇案抑或是意外？」

「目前線索不多，較為肯定的是跟蟑螂有關，陸律師有沒有跟你談過蟑螂的事？或者就你所知，香港還有沒有其他認識蟑螂生態的人？」

「都沒有……」司徒教授抬起頭，瞧着昔日的學生，滿臉難過。

就在此時，我的手機震動，屏幕顯示，來電者是阿 Ken。我退到一旁接聽：「喂，阿 Ken，請說。」

「阿 Wing，對不起，我看不牢你的師叔，給他跑了。」

「吓？什麼跑了？你說清楚一些。」

「他突然說要吃深井燒鵝……叫我去買……我初時不肯，但他堅持要吃，我拗不過他，只好開車去買，我以為安全屋隱閉，不會有敵人入侵，出去一小時應不礙事，誰知回來後，便發現你的師叔留下字條，跑了……」

廢話！豈有此理，師叔從不貪吃，多半是阿 Ken 自己想吃深井燒鵝，擅離職守，砌詞狡辯。

不過，師叔若要離開安全屋，十個阿 Ken 也阻止不了。所以，師叔離去，阿 Ken 有沒有留守安全屋，分別都不大。

問題是，師叔究竟跑到哪裏去？有沒有遇上危險？

3

江湖往事

師叔找上龍頭老大，與阿 Wing 力戰羣雄，更透露了一個秘密：當年他逃離香港的原因，阿 Wing 卻感到疑點重重。

1

「李權從你們的安全屋逃出來，如今下落不明。」秀雯督察取出手機，皺起眉頭，向我投以責怪的目光，她雖沒說出口，但心裏投訴我們沒好好看管師叔，責怪之意不言而喻，「阿 Wing，你若不反對，我要報告上級，通緝他歸案……」

「且慢。我有辦法查出他的下落，請給我一點時間。」我右手握控方向盤，騰出左手，在儀錶盤上按鍵。

一面袖珍顯示屏從儀錶盤後方翻出來。

「設備先進。」秀雯督察平淡地說，語氣沒一絲欣賞或讚歎。

「我暗中在師叔身上裝了追蹤器。」我在觸控顯示屏上輸入追蹤器的代碼。

屏幕隨即顯現一個正在移動的紅點，標示師叔現時的位置所在。

「紅點移動很快，他乘坐某種交通工具。」我再按鍵把屏幕顯示切換為地圖模式。

「他目前的位置……在新界北。那交通工具的移動速度很高，應該是火車。他想越境逃返深圳。我要通知駐守羅湖的警察……」

「不，請看清楚，那不是火車路線，是西鐵，他乘搭西鐵……到達……錦上路站。」

屏幕上的紅點不再移動，位置正正在地圖上的錦上路站。

「你說得對，他在錦上路。咦，紅點又動了，他轉乘別的交通工具。」

「師叔跑到錦上路幹什麼？」我早已駛離吐露港公路，轉入通往錦田的支路，幸虧上水離錦田不遠，不管師叔要往哪裏、要作什麼，二十分鐘內，我一定追上他。

「他在錦上路出現原因，我倒有點頭緒。若沒記錯，你師叔從前的龍頭老大，在錦田有一棟別墅。」

「龍頭老大要追殺他，他卻自己送上門，那豈不是自投羅網？師叔吃錯藥麼？」我賭氣地拍打方向盤，腳下使力，踩下油門。

汽車加速前進。

其實，我大概猜到師叔的意圖。他要找龍頭老大交代明白，他沒殺白粉強。可是龍頭老大肯聽信他的一面之詞嗎？再者，他有沒有機會安然無恙地面見龍頭老大？也是個疑問。

我心焦如焚，不斷加大油門，在車流之間左穿右插，與屏幕上紅點的實際距離逐漸收窄，盼望在師叔遇敵前，把他截住。

「鈴……」

有人致電秀雯督察。

「喂……你稍等一下。」秀雯督察掩住話筒，轉頭跟我說：「重案組的同事來電，說他收到白粉強的驗屍報告。」接着開啟手機的揚聲器，提高聲線應道：「可以說了。」

「督察，這份報告的內容有點複雜，頗也費解。」

「別囉嗦，說重點。」

「是，首先，致命傷在體內。死者的食道和氣道在體內接近咽喉部位一併斷裂，而同一位置的身體表面，並沒傷口。督察，我真是搞不懂，兇手如何做到的？我當差二十年，從沒見過這種殺人手法……」

「別打岔，繼續！」

「是，還有，屍體表面有很多微細齧痕，驗屍官推斷是某種昆蟲造成的，他作出這個推斷，還建基於在屍體和兇案現場發現的大量昆蟲的費洛蒙。至於什麼是費洛蒙，我就不曉得了。」

我曉得，剛上過一堂「生物課」，費洛蒙是一種信息素，又稱昆蟲的化學語言，是從昆蟲體內分泌出具揮發性的化學物質，能在同種個體之間傳遞信息。

果然與蟑螂有關。

案件太匪夷所思，重案組的人也難以理解和接受，而且三言兩語亦難以說得明白，所以我和秀雯督察都選擇暫時不作解釋。不過，案情已逐漸明朗，我在「大威財務」找到的巨型蟑螂腿，加上驗屍報告，可以大膽地把白粉強的死因歸納為被蟑螂所殺，證明師叔不是兇手，而鄧輝亦非發瘋。起初我對鄧輝的口供半信半疑，現在真的全相信了。那些蟑螂在冰鮮鴨身上、在小莉身上爬來爬去、鑽出鑽入的想像，又在我的腦海裏浮現，不期然打個冷顫。

想像當然不能作為呈堂證據。

前晚，鄧輝的獨立屋爆炸引發大火，把現場證據焚燬，因此，我們要找到比蟑螂腿更確切的證據，例如活捉一隻巨型蟑螂，證明蟑螂有能力殺人，繼而找出那個在背後操控蟑螂殺人的神秘人，把他繩之以法。

表面看來，那神秘人跟小莉、鄧輝及白粉強並無私仇，他只是受人錢財，出手害命。買兇殺死鄧輝和小莉的，是鄧輝的老婆，這點可以確定。但，那要取白粉強性命的，又是誰呢？

江湖人物，仇家眾多，不易追查，實在要命！

當我們趕到龍頭老大的別墅附近，天色已黑。那棟別墅遠離民居，臨近郊野公園，屋主開闢一條私家路連接公路，我們的車子轉入私家路前，剛巧一輛車頂亮起「空車」燈號的的士駛出，如果師叔乘坐這輛的士前來，這時候，他才下車不久，希望他還沒驚動別墅裏的人。

我急忙扭動方向盤，把車子開入私家路。

別墅範圍佔地很廣，圍欄所圈的，不知多少屬於郊野公園的土地。龍頭老大果然是土豪惡霸。

儘管路面昏暗，為免打草驚蛇，我關掉車頭燈，減慢車速。

幸而別墅燈光火猛，路向清晰，只要路面沒陷沒窪，或者沒黃牛突然跑出攔阻去路，我們可不動聲息地抵達目標建築物。

不過，輪胎輾過路面碎石，「喀軋喀軋」的亂響，難以完全不動聲息，鄉郊野外實在靜得過分。

沒有鬧市的高樓霓虹，天上的星月也分外明亮。在星輝月光底下，路旁的松樹、竹樹、榕樹，寂然直立，一路上盡是樹影婆娑。

最後，我把車子停在彎角的大樹後面，關掉引擎，原想阻截師叔，現轉為靜觀其變，因為師叔已按響別墅的門鈴。

車窗右側，四十碼外，別墅的正門電閘緩緩打開，圍牆兩側頂部的射燈，把師叔長長的身影交叉貼在地上。

一隻斑點貓從樹底的草叢裏跳出來，一臉大模斯樣的，跑到我的車旁，嗅了嗅輪胎，

「喵」了一聲，輕巧地躍上由引擎散發着餘熱的車頭蓋，向左翻一翻，向右滾一滾，找到最舒適的位置，便躺着不動。我用指頭敲敲擋風玻璃，想把牠趕跑，牠卻不瞅不睬。

就連貓也不把我放在眼內，今天真倒霉。

秀雯督察指一下別墅，細聲説：「不要分心。」

這時電閘開盡，師叔雙手負背，緩步踏進別墅的前院。

「我習慣一心二用。」

別墅主樓中門大開，湧出一幫赤膊的彪形大漢，盡皆紋身，花花綠綠的，胸口不是龍就是虎，肩膀不是鷹就是蛇，人人肌肉賁張，個個目露凶光。

大敵當前，師叔不慌不忙，停步拱手，氣運丹田，朗聲喊道：「李權求見龍頭老大。」一聲音渾厚亮徹，龍頭老大就算躲在別墅地牢，也聽得一清二楚。

那斑點貓被師叔嚇了一跳，一個翻身，跳下車頭，竄進草叢裏去。

「放肆！」站在最前端的大漢跳步而上，當胸一拳，要殺師叔一個下馬威。

但見師叔左手攤掌，右手握拳，左掌於胸前右劃，掌棱格截大漢右前臂外側，輕易盪開來拳，旋即連消帶打，使出洪拳的起手式「敬禮開拳」，右拳前推，反擊大漢胸膛。「蓬」的一聲，大漢吃了師叔結結實實的一拳，連退五步，不住嗆咳。

師叔的左足輕輕提起，足尖觸地，擺個吊腳勢，並沒乘勝追擊。一招分出勝負，高下立見。師叔贏得瀟灑，大漢輸得狼狽，但他顯然不服氣，「乞吐」的在師叔腳尖前吐出一口濃痰，雙掌一錯，上前再攻。

師叔大喝一聲，仍舊以「敬禮開拳」接招。

這趟，大漢早有準備，看準師叔的來勢，翻掌如刀，砍劈師叔的手腕。他滿以為至少可砍傷師叔的雙腕關節，可是顧上不顧下，只管進攻，忽略防守。師叔的吊腳勢，既喻作鞠躬敬禮，也是提腿蹬踢的預備架式，在手腕被砍前，師叔的左腳陡地前蹬，正中大漢的小腹，大漢吃痛哈腰，雙掌一軟，門戶大開，師叔乘虛而入，一記重拳擊中大漢的額角。大漢慘叫一聲，栽倒師叔腳前。

師叔還是面向主樓「敬禮開拳」，禮數十足的拜謁主人家。

晚風吹動他的衣衫，但他身正步穩，下盤沉實，勁透過身，晃也不晃，彷似一座功夫雕塑，威風凜凜。

昔日梅花樁上的師叔又回到我的眼前，我不禁暗叫一聲「好」。「好功夫，真人不露相，他不動手，看不出來。」身旁的秀雯督察也另眼相看，「我最欣賞武林高手，尤其硬橋硬馬真功夫。」

別墅前院的一幫大漢，不知哪個不知羞恥的傢伙，說出一句眾人的心底話：「大夥兒，一齊上。」

一人提議，眾人響應，一同撲向師叔，但求以多欺少。

師叔臨危不亂，仍以「敬禮開拳」封擋最先攻至的直拳。既然三招已過，禮數已盡，他立即變招「開弓射鵰」，逼步追身，左拳上拋，掛擊敵人面門，那人急忙收招擋格，師父硬打直上，「沉橋坐馬」，「日字衝拋」破空而出，重重擊中那人腹部。

洪拳的特式是硬橋硬馬，以聲助威，以氣催力，以力服人。師叔展開套路，拳風呼呼，如猛虎入狼羣，引步插掌，躍步推掌，圈橋標指，穿手掛拳，一口氣接連打倒十多人。奈何年事已高，對方人多勢眾，兼且年輕力壯，十來招過後，師叔開始體力下降，步法收窄，身法減慢，吆喝聲也減弱，首尾不能兼顧，背部還中了兩拳，一個踉蹌，險些摔倒。

「你留在車上。」我實在看不過眼，推門下車，轉頸扭肩，「咇咇啪啪」的壓鬆指掌關節，二話不說，快步搶入戰圈。

今晚，我要為師叔「舞獅尾」，為他殿後。

師叔打洪拳，我也打洪拳。

師叔講禮數，我卻不懂客套，一接戰，就是來勢洶洶的「猛虎爬沙」，施展虎爪擒拿，把阻擋去路的敵人一一甩開。

才趕到師叔背後，一人正卻偷襲師叔，我厲聲猛喝，跨步截進，左拳上拋，格開敵拳，右手提拳由下而上撞擊那人下頜，一招「提壺敬酒」，及時為師叔解圍。

「師叔，我來也。」我背靠背的守在他身後，紮穩四平馬，一指定中原。

「來得這麼遲！」師叔精神大振，「喝」聲助威，把一個大漢打倒在我的腳邊。

敵人前仆後繼，這個仆倒，那個補上。另一人殺到，舉腳蹬我的上腹，我交剪雙臂，擋截敵腿，滑步進身，兩掌成爪，打出一式「白虎獻爪」，將那人打翻。

身後，師叔再無後顧之憂，全心搶攻，左一記分金搥，右一記外膀手，前一記提膝單踢，一下子把三路敵人震懾擊退，待要乘着氣勢，直闖別墅主樓，就在此時，一個壯漢從主樓大步跨出，站在石階之上，揚手喝道：「停手！」

紋身漢聞聲住手。

我和師步也停下來，且看來者是龍是蟲？

被我們打得額腫臉瘀的紋身漢互相扶持，左右退開。那人雖較紋身漢年長，但亦不過三十來歲，一身橫練肌肉，看來是個不易應付的高手。

「你就是李權麼？幹什麼不在鄉下養老，跑回香港，殺傷同門？」

「我沒殺人，我就是要面見龍頭老大，解釋明白。」

「要面見龍頭老大，先接我幾招。」

「好！來吧！」

「且慢。」我按住師叔的肩頭，踏前兩步，「你要單挑我師叔，先報上名來。」

「好話，我姓韓，在江湖上有個名堂，叫韓鐵手。」

「韓鐵手是幫會的後起之秀，聽說擅長空手道。」師叔在我背後提醒。

「韓鐵手，你不如把名號改為鐵面吧。」

「為什麼？」

「你的面皮又硬又厚，恬不知恥，先派十多二十人圍攻我師叔，消耗他的體力，才施施然上場。嘿，你也算是個學武之人，所謂拳怕少壯，我師叔一把年紀，你怕他什麼？」

「我韓鐵手天不怕，地不怕。好！你也是個少壯，我就跟你過招，鐵手對鐵橋，且看誰的硬？」他跳下石階，站一個騎馬步，預備出招。

「放馬過來。」我緩步而出，正身而立，兩手低垂，看似不作準備，亦似瞧不起對手。

「好傢伙，不知死活。」韓鐵手被我惹怒。

「留神，聽說他的拳很重。」師叔低聲道。

拳重，我瞧得出。這個韓鐵手，不會浪得虛名。同樣地，我也有自知之明，不像師叔般，我學武博雜而不專精，師叔則苦練洪拳，十年如一日，一雙橋手堅實如鐵，碎磚破瓦，綽綽有餘，而我面對韓鐵手，只能避重就輕，以柔制剛，不能跟他硬碰。

故此，我以楊家太極拳迎戰。

「喝！」韓鐵手右步跨前，順步打一記右沖拳，擊向我的胸口，試探我的實力。

我就以最簡單的、看似最平平無奇的太極拳起手式應付，右手上掤，黏靠他的手腕，向外帶開，左掌同時擠壓他的手肘，右腳退馬，旋腰採挒，卸開他的來勢，且順勢把他攎倒。

自然反應，他立定馬步，使勁抽回右手，我不跟他比拚力氣，左步逆上，再加一個貼身肩靠，借力打力，勢要把他撞翻。

眼見他失去重心，即將跌得人仰馬翻之際，他及時自救，以左手撐地，雙足上踢，打個姿勢醜陋的半側手翻，勉強站穩腳步，不致當眾出醜。

我拉正衣襟，回復正身而立，雙手低垂，不作追擊。

「你稱李權作師叔，怎麼不打洪拳？」韓鐵手試圖轉移視線。

「狹隘之言！門戶偏見！看你一身小家子氣，難有大作為，怪不得一世蹲在黑幫裏充當打手。」我用尾指搔臉。

「可惡！」韓鐵手惱極，上馬再攻，仍是那招順步右沖拳。

同樣，我依舊以上掤採挒化解。

他這趟學乖了，中途變招，不待拳式使老，右步橫移搶佔我的中位，右肘猛撞我的左肋。不過，他的變招已在我的意料之內。我旋腰左擺，沉肩墜肘，出左掌牽引，從容卸去他的肘勁，右手同時擒鎖他的右腕，順勢借力向下扭壓。他避無可避，退無可退，若不就範，硬拚下去，右腕便遭我折斷，兩害取其輕，要保住右腕，他唯有就範，被我「趴」的摔倒地上，一敗塗地。

清脆俐落，一招制勝。

韓鐵手肌肉發達，摔一跤，身體沒受傷，但此人看來少受挫折，心高氣傲，在一眾手下眼前，摔這一跤，心靈受創不輕，但見他灰頭土臉，從地上爬起，頹然退開。

「師叔，別跟他們耗費時間，我們直接進屋找龍頭老大。」

「也好。」

我們開步往石階跑去。

羣醜無首，那些紋身漢頓時不知所措，攔阻嗎？只有捱打；不攔阻嗎？又覺失職。眾人呆站兩旁，眼巴巴的看着我們突圍而去。

我們也不管了，才搶上石階，抬頭見兩人從屋內走出，一老一少，老的滿頭白髮，少的滿頭染了金髮。白髮的年紀跟師叔相若，染金髮的可作師叔的兒子。

「白頭翁？」師叔停步。

「他是什麼人？」我問師叔。

「他姓翁，因遺傳關係，年輕時已白髮蒼蒼，大家都稱他作白頭翁，目前是龍頭老大的軍師，在幫內坐第二把交椅。」

「李權？嘿嘿，好威風呀！」白頭翁皮笑肉不笑，「不單止在旺角打死白粉強，還跑到錦田來撒野，打傷一班兄弟。你有把龍頭老大放在眼內嗎？」

「白頭翁，二十年沒見，你還是這張臭嘴，顛倒黑白，搬弄是非。我鄭重說一遍，我專程來找龍頭老大解釋，白粉強非我所殺。他們攔我去路，受點瘀傷，我已是手下留情。」

「魯莽衝動、拳頭至上、蠻不講理，你的作風何嘗不是二十年不變？」

「廢話少講，快讓路吧，打架的話，我奉陪到底！吵架我沒興趣。」

「讓路？你懂不懂規矩？」

「什麼規矩？」

「龍頭老大身體不適，一年前已把龍頭棍暫交兒子榮少爺接掌。」白頭翁欠身擺手，介紹身旁的金髮青年，「你有話就跟榮少爺說吧，榮少爺可決定你的死活，不必打擾龍頭老大。」

那個榮少爺，二十出頭，看他身形瘦削，雙目無神，面容憔悴，沒精打采的模樣，不是酒色過度，就是毒癮纏身，再看白頭翁的囂張跋扈、有恃無恐，就知他垂簾聽政，大權在握。至於龍頭老大，有病沒病，或真病假病，不得而知，但我敢肯定龍頭老大多半被白頭翁架空。

「榮少爺少不更事，我還是找龍頭老大商量。」師叔的想法看來與我的不謀而合。

「我不允許！」白頭翁擋在榮少爺身前。

「哼！小人得志，五行欠打。」師叔掄起拳頭。

「現在什麼年頭呀？不管你的拳頭多重多快，也敵不過一顆子彈。」白頭翁掀高衣角，露出插在褲頭的手槍，不屑地瞅着師叔，「沒進化的老古董。」

白頭翁所言不差，功夫再高，人畢竟是血肉之軀，難敵現代武器，師叔投鼠忌器，進退兩難。

「現在什麼年頭？半進化的老古董！」我帶笑走近，回身遙指閘門，「白頭翁，這世界不止你有手槍的。你看看鐵閘外面彎角的位置，大樹後面是不是停了一輛汽車？」

「是又怎樣？」白頭翁瞇起雙眼。

「我不妨告訴你，坐在車上的是重案組的 Madam Cheung，她也有手槍，你一開槍，後果如何？你懂計算的。」

「嘿嘿……」白頭翁放下衣角，悻悻然説道：「竟有警察撐腰，李權，可不能輕看你呢！到了這個地步，看來我們誰都沒辦法阻止你。你要見龍頭老大，請！」

我與師叔互望一眼，均覺白頭翁突然合作，甚覺可疑，但他大方邀請我們進屋，我們如不爽快答應，反顯得我們踟躕顧慮。

我與師叔交換眼神，不入虎穴，焉得虎子，況且兩師叔侄聯手，又有秀雯督察在外面支援，諒那白頭翁也耍不出什麼花樣。

「帶路。」師叔用下巴指一下門口。

白頭翁用鼻頭「哼」了一聲，轉身領路。

我們默默跟在後面。

別墅很大，進門是個大廳，大得可擺下十張麻雀檯，主人家若不喜歡，可搬走家具，擺一個擂台，吊幾個沙包，放幾副木人樁，置一排兵器架，改作練武場，亦容得下二十人練功。

大廳上，所有家具都是紅褐色的酸枝木製品，八仙桌、太師椅、羅漢牀、古玩架、茶几、仿古福祿壽沙發等，弦面潤澤，烏亮簇新。

大廳的正中粉牆上，掛着一幅高七呎的「猛虎下山圖」。我匆匆瞥了一眼，這稱不上佳作，畫中的吊睛白額虎，張牙舞爪，昂首翹尾，猛有餘而威不足，隱隱有一份虎落平陽的唏噓。

「這邊，請。」白頭翁稍為放慢腳步，險色陰晴不定。

「我記得龍頭老大的房間在二樓。」師叔瞧着弧形樓梯。

「龍頭老大抱恙，行動不便，在樓下的客房靜養，方便傭人照顧。」

師叔點頭，不再質疑。

白頭翁引領我們穿過大廳，進入內堂，推開走廊盡頭一道房門，道：「你們想私下跟老大說話嗎？進去吧。」

只見房內牀前的安樂椅上，坐着一個老人。

「老大，果然是你，老大！」師叔已按捺不住激動。

「你是哪一位？」老人的神情疑惑。

「我是李權呀，老大，你認得我嗎？」

「李權，進來，讓我看清楚。」

「是。」

「等一下。」我拉住師叔的上臂，探頭掃視房內左右。

「裏面只得老大一人，你不放心，我可陪你進去，一起敍舊。」白頭翁揶揄。

「不必了。」師叔撥開我的手，逕自入內。

我小心跟在師叔背後，不知怎的，心裏仍覺不妥，面見龍頭老大，若如此簡單，他們先前何必動武攔阻？一路進來，順利得出奇，白頭翁這種奸險小人，怎可能不佈陷阱、不放冷箭？

然而，門後、牀背、櫃側，瞧得見的地方，都沒可疑。

「老大，你好嗎？」

「我很好……」

「啊——」

「呀——」

腳底突然踏空，地板分開，我和師叔一同踩着地板的陷坑，丟落一個漆黑的地洞……

2

跌落地洞，雙足着地，向前滾了一個半筋斗，最後撞着牆壁。肩背腿都有點痛。我從地上爬起，摸出手機，開啟「電筒」功能，周圍照射，頭頂的地板缺口已經合上。上下左右都是麻石板圍封，不見出路。師叔在左側，一拐一拐的扶壁站起。

「師叔，沒事吧？」

「擦傷手腳，只是皮外傷，沒大礙。」

「我真笨，竟誤墜這種老土的陷阱。」

「我更笨，這個老土的陷阱，當年我是有份設計的。」

「你倆都是笨蛋，武功再高也沒用，我把你們關在這個黑牢裏，捱幾天餓，看你們還有沒有氣力跟我鬥下去，哈哈哈哈……」白頭翁的聲音像從另一個世界的深井裏傳過來，

「就算那女警官入屋搜查，除非她把牆壁拆掉，把地板挖起，否則沒可能找到你們。」

我曲腿上騰，雙掌發勁，欲把陷阱缺口推開，但觸手之處，是塊凹凸不平的堅石，完全推它不動。

師叔怒道：「白頭翁，只怪我太大意，栽在你手裏，有種的，便下來明刀明槍給我一個痛快，我皺一下眉頭，就不算好漢。」

「你已落在我手上，殺你有何難？不過，念在舊相識一場，只要你老實回答我的問題，我可放你一條生路回鄉養老。」白頭翁道。

「爽快問吧。」

「你為什麼突然返回香港？」

「處理家庭事務。」

「為什麼要殺白粉強？」

「人不是我殺的。」

「狡辯！不是你殺，是誰殺？」

「不知道。」

「我知道。」我微微喘氣，「但你先放我們出去，我才給你情報。」

「小子，我問你答，你沒討價還價的本錢。你不合作，就坐在黑牢裏餓死吧！」

「白頭翁，你這個渾蛋，當年若不是我出手救你，早就給那洋警司打死，現在你忘恩負義，恩將仇報，豈有此理！」

「人總要向前看，我勸你不要想當年了，少罵幾句，省點氣力，不然很快便肚子餓呢！哈哈……」

笑聲過後，白頭翁再沒説話。

黑牢一片死寂。

黑牢的面積不超過三十平方呎，通風尚可，空氣不至於混濁，但沒有電話網絡，不能向外求援。我死心不息，到處敲牆，試圖找出可以脱身的位置。

「牆壁由大麻石板砌成，既堅且厚，入口要在外面打開。阿Wing，我們被困在這裏，可謂插翼難飛。」師叔有點氣餒。

我失望地靠牆坐下，希望秀雯督察遲遲不見我們從別墅出來，會帶人入屋營救，可是，正如白頭翁所說，警察有沒有本事發現黑牢？我不樂觀。

手機的燈光減弱，電力消耗真快。

「有辦法通知外面的人嗎？」師叔問。

「沒有。」

「我以為你有些特別的通訊器材。」

「牆身太厚，妨礙通訊電波傳送。」

「唉！都是我不夠謹慎，乍見老大，一時激動，疏忽提防白頭翁，結果中了他的詭計。」

「你跟他早有恩怨？他看似針對你。」

「嗯，我退出江湖，確與他有關。」

「當年發生什麼事？」

「這件事是我人生裏的一個大秘密，二十年來，從沒向人提及。」

「到了這個光景……」我舉起手機照射黑牢四壁，「不妨說出來吧。」

「那就要從那個叫羅拔的洋警司說起……」

3

羅拔是蘇格蘭人。來香港前，他在家鄉的小鎮任職初級警員，1969年轉調香港皇家警隊，還晉升為見習督察。那個年頭，香港社會貪污成風，各行各業收取「茶錢」已成慣例，舉凡消防員開水喉滅火、救護員抬傷者上「十字車」、醫院病房女工為病人送開水等，都要先收「茶錢」才動手。羅拔為人貪財，加入當年普遍受賄濫權、包娼庇賭的警隊，簡直如魚得水，財貪得多，官升得快。

1971年，羅拔擢升警司，賄賂上級，獲派駐「油水之地」旺角警區，很快與區內黑幫打好關係，財富滾滾而來。

1974年，香港總督成立廉政專員公署（廉署），雷厲風行，打擊貪污。廉署人員深入調查警隊，隨時登門帶走涉嫌貪污的警察，不管高級低級，一律押返廉署「喝咖啡」。不少自知難逃法網的警察提早退休，移民至香港沒引渡協議的地方，有些更不堪壓力，畏罪自殺。一時之間，警隊裏風聲鶴唳，人心惶惶。

1977 年，警察累積不滿，最終爆發「警廉衝突」，10 月 28 日數千警察在警察總部集會抗議，宣洩不滿，之後數十人跑到廉署總部搗亂，打傷廉署人員。為了顧全大局，香港總督簽發特赦令，除了正受審訊的、被通緝的，在 1977 年 1 月 1 日前干犯貪污罪行的警務人員，一概不予追究。風波才告平息。

廉署的嚴厲執法，配合宣傳教育，短短幾年間，不僅警隊，且令整個香港，風氣為之一變，昔日的公然行賄受賄，全然絕迹。

不過，羅拔死性不改，他繼續勾結黑幫，卻以另一種方式收受利益。

旺角黑幫的龍頭老大與羅拔建立默契，不定期派人約羅拔到澳門賭錢，在賭桌上故意把賄款輸給他。而羅拔把錢存入賭場的私人帳戶，再轉往海外的聯營賭場的帳戶內，掩人耳目，避過調查。

白頭翁在英文書院畢業，讀過幾年「番書」，懂得英語，他加入黑幫後，龍頭老大便指派他到澳門負責跟羅拔「賭錢」。

踏入1997年，香港即將回歸中國，結束英國的殖民管治，羅拔萌生去意，計劃返回蘇格蘭安享富裕的餘生，於是便向龍頭老大要一大筆「退休金」。龍頭老大是個念舊之人，二十多年來，他確實在羅拔的關照之下，在旺角的「生意」總算風平浪靜，他欣然答應羅拔的要求。

由於携帶數目龐大的現錢，白頭翁擔心中途出亂子，他請求龍頭老大多派一個「打得」的人從旁協助。龍頭老大馬上指派李權。

因此，李權陪同白頭翁「過大海」，在賭場的VIP賭廳裏跟羅拔對賭Show Hand。羅拔的「手氣」極好，即使沒好牌在手，只消三局，便贏光白頭翁帶去的現金。

任務順利完成，白頭翁樂得逍遙自在，遂向李權提議先回酒店房間喝一杯，跟着換件衣服，再過華界，往珠海市尋樂。

李權首次到澳門，人生路不熟，自然聽從白頭翁的安排。

回到酒店八樓的房間，白頭翁拿出一瓶洋酒，一面斟酒，一面誇口：「這瓶蘇格蘭威士忌，是上等貴價貨，有錢也不能輕易買到，來，我們先乾一杯。」

「我平日慣喝啤酒，少喝洋酒，我怕醉……」

「唏！男人大丈夫，怕什麼？人一世物一世，洋酒也不敢喝，你如何行走江湖？」

李權心想白頭翁說得不錯，便端起酒杯，瞧着杯中琥珀色的酒液，輕輕搖晃，豪氣地說：「好！我先飲為敬。」

「對，酒要大口的喝，放開喉嚨，放開胸懷，盡情盡興。」白頭翁托住李權的手肘，極力勸飲。

李權淺嚐一口，只覺香醇滑順，果然是好酒，便大口地喝。

「好酒量！阿權，你的功夫好，人所共知，原來酒量也這麼好，我真是看漏了眼，好兄弟，以後喝酒，我預你一份。」

「奉陪！奉陪！」

「酒逢知己，好事成雙，我們再乾一杯。」白頭翁繼續斟酒。

「你只顧斟酒給我，自己又不喝。」

「我喝我喝，來！一起喝，碰杯，乾了它！。」

「乾。」李權再喝一杯。

「噢！簡直是海量。」白頭翁豎起右手拇指。

李權愕了一下，放下酒杯，搓揉雙眼。

「怎麼樣？眼睛不舒服嗎？」

「古怪得很，我竟然有點眼花，嘻嘻，我看見你的右手有兩隻拇指。」

「你沒事吧？頭暈嗎？」

「何止頭暈，還有點脹痛呢！這酒真利害耶，咦？這房間的空氣流通怎麼出了毛病？愈來愈氣悶似的，我要開窗吹風。」

「嘭——嘭——嘭——」

此時，房外有人大力拍門。

「誰啊？等一等！」白頭翁放下酒瓶，「阿權，我先去開門。你小心點，窗別開得這麼大，你腳步浮浮的，別摔落樓。」

「嘭——嘭——」

「來啦，來啦，急什麼？」白頭翁匆匆開門。

把門打開，羅拔怒氣沖沖的站在門外，他一見白頭翁，就張開葵扇一般的巨掌，一把揪住白頭翁的衣襟，粗魯地把他推倒地板上，接着「嘰哩呱喳」的破口大罵。

李權扶着窗台，靠在窗前吹風，從這位置，他可遠眺冬日和暖陽光下的大三巴牌坊，但他見到羅拔向白頭翁動粗，馬上趺趺撞撞地跑回房內，攙扶白頭翁，問：「他幹什麼罵你、推倒你？先前賭錢，還好端端的，你何時開罪他？」

「他……」

羅拔一腳踹開李權，彎身抓住白頭翁的頭髮，把他從地上扯起，指着他的鼻尖，又「嘰哩呱喳」的大罵一頓。

白頭翁苦着臉，也「嘰哩呱喳」的解釋。

經過白頭翁一番唇舌，羅拔的態度開始軟化，他放開白頭翁，再從衣袋裏取出大疊的

鈔票，統統扔在睡牀上，雙目噴火似的瞪着白頭翁，極不滿意地攤開手掌。

李權知道那些錢，是剛才白頭翁「輸」給羅拔的，從羅拔的身體語言，似不滿意鈔票的數目。

「發生什麼事？他嫌錢少嗎？這趟老大已加倍給錢，這鬼佬真是貪得無厭。」李權只覺頭重腳輕，眼內出現兩組羅拔與白頭翁，不知哪組真實。

「沒事的，一場誤會而已，我會處理。」白頭翁一面點頭道歉，一面為羅拔斟酒。

羅拔看起來心不甘情不願地接過酒杯，喝了一大口威士忌酒，怒氣好像消減一點，但胸口上下起伏，仍是忿忿不平。

白頭翁為羅拔添酒，低聲下氣的在他耳邊「嘰哩呱喳」，似在繼續解釋。

李權以為可以息事寧人，豈料出現戲劇性反效果，羅拔聽了白頭翁的話，怒不可遏，發瘋一般的拿酒杯敲打白頭翁的腦袋。

杯破酒溢血濺！白頭翁掩臉慘叫。

李權大吃一驚，飛身撲去阻止羅拔，竟撲了個空，「啪」的撞倒一張椅子，原來他錯選那組不真實的影像。再看清楚，羅拔雙手使勁地掐扼白頭翁的頸項，白頭翁呼吸困難，拚命掙扎，但氣力遠不及羅拔，眼看快要被羅拔掐至氣絕。

情況危急，李權不作他想，雙掌向前平推，鼓足內力，他自知酒後手腳發軟，羅拔體格魁梧，少出一點氣力，恐怕推不開羅拔。

「啪——」

羅拔中掌，向外飛開，像脫手的汽球、斷線的風箏。李權這才知道，羅拔縱然高大健碩，原來腳步虛浮，不堪一擊。

盡力一擊後，李權虛脫乏力，眼前一黑，仆倒牀上，失去知覺。

不知過了幾分鐘，抑或幾個小時……

李權開始恢復意識，感到臉龐清涼。

「阿權……阿權，快醒……」

有人搖他的肩膀。

清水在他的臉上流動，他依稀聽見斷斷續續的警笛聲。

「阿權，出事了！快醒！」

「出了什麼事？」李權努力睜開雙眼，只見白頭翁額上纏裹滲血的紗布，神色慌張地搖拍自己。

「你醒來了？快逃吧！剛才你一掌把羅拔轟出窗外，墜下當場跌死。他是洋人，又是高級警察，殺警罪大，你一定要馬上逃亡。」

「什麼？」李權登時清醒過來，「羅拔死了，我逃去哪？」

「不如這樣吧，羅拔的錢，你全部拿去。」白頭翁又把一張字條塞在李權手裏，「你立即由拱北過境，到珠海市，依照這個地址，找我的結拜兄弟雷強，他會安排你回鄉。」

「回鄉……」李權六神無主。

「這當作避風頭，你暫時退出江湖，這些錢足夠你幾年的使費。躲在鄉下，總勝過回港被抓去坐牢，殺警非同小可，判刑極重，就算不是終身監禁，也要囚禁大半世。」

「那麼，羅拔的死……」

「放心，我會替你保守秘密，倘若洩漏半句，天打雷劈。」

4

「就是這樣，我逃返鄉下，慢慢安頓下來。不久，我重遇失婚的表妹，那時她遭當中港貨車司機的丈夫遺棄，帶着小女兒，無依無靠。

「我小時候隨長輩回鄉探親，與表妹最投契，見她兩母女生活困頓，便接濟、照顧她們，漸漸日久生情，便娶了她過門。最初那幾年，白頭翁間中派雷強帶錢給我，說風聲仍緊，警方要徹查羅拔的命案，叮囑我千萬不要回港。我更加不敢向香港的親友透露行蹤。

「其實，羅拔在澳門遺下的錢，足以讓我在鄉下當個小富翁，我買了一些地，建屋、修橋、鋪路，為同鄉做點事。後來，內地經濟發展，我賣地又買地，賺了更多錢，生活更好了，一住便二十年，再沒意欲回香港打打殺殺。

「2003年，妻子死於沙士疫症，我與繼女小莉相依為命。小莉自幼很懂事、很獨立，而我讀書少，沒學識，不懂得教女，她當鄧輝的小三，我雖覺不妥，但以為是尊重她的戀愛自由，更沒阻止她跟鄧輝南下，結果她橫死香港，我這個當父親的，實在失職，我怎能不回來呢！」

聽完師叔的故事，我即時想到幾個疑點，還沒追問，前面的牆壁忽地「軋軋」作響，不消一分鐘，牆壁移開，透進燈光。

「你們快出來！」

認得是韓鐵手的聲音。

「你玩什麼把戲？」我問。

「我是來救兩位的，並沒惡意。你們的警官朋友要入屋搜查，白頭翁在門外跟她交涉，現在是逃跑的大好機會。」

不知是真是假，我凝神戒備，進入高度作戰狀態，小心地穿過出口，只見韓鐵手獨自一人，便問道：「我們與你為敵，你為何要救我們？」

韓鐵手向我和身後的師叔拱手一揖，道：「我佩服兩位的武功，同時對白頭翁把持幫務看不過眼。前輩是本幫元老，在情在理，應該出面制止白頭翁，撥亂反正。」

「你先帶我去見龍頭老大。」師叔搖頭，「其他事情容後再談。」

「唉！龍頭老大目前的狀況，見也沒用。」

「你說什麼？剛才我見老大臉色蠻好，不似患病。」

「實不相瞞，老大年多前確診患上老人癡呆症，病情每況愈下，早就糊裏糊塗，這才讓白頭翁有機可乘，為所欲為。」

「那就棘手了。」師叔搓搓鼻頭，苦思對策，「沒龍頭老大的指示，江湖追殺令一日不取消，我難在香港立足，莫說撥亂反正，自身亦難保。」

「時間無多，白頭翁隨時折返，兩位還是先逃……」

「不。師叔說得對，我們要見龍頭老大。」我晃一下手機，「我的手機電量不足，你有充電裝置嗎？」

「有……」韓鐵手詫異地點頭。

5

當我和師叔重返別墅的大廳時，白頭翁帶着幾個沒受傷的打手攔在石階前，阻止秀雯督察進屋搜查，白頭翁說：「Madam，我再說一次，那兩個人闖進前院，被保安員發現，追截一番，最後兩人已從後門逃掉……」

「我看還是走正門，從正門入來，便從正門離去，堂堂正正。」我率先穿越大廳，走出石階。

「啊——」錯愕的神情在白頭翁臉上一閃即逝，他隨即擠出牽強的笑容，睨着師叔，說：「你果然有本領，不過，有本領從正門離開別墅，也沒本領平安抵達市區。」

「喂，有警察在此，小心說話啊，你涉嫌刑事恐嚇呢！」我向秀雯督察打個眼神。秀雯督察見我們平安現身，綳緊的面容放鬆下來，慢慢退開，剛才情非得已，現在適可而止，不沾江湖是非。

「我可沒恐嚇你們，我只不過好意提醒，交通意外這回事，無日無之，沒有絕對的出入平安。」

「你撤銷江湖追殺令，師叔便出入平安。」

「我不明白你說什麼。」白頭翁瞥了一眼秀雯督察。

「不撤銷也不打緊，我把這段錄影貼上網絡播放，效果相同。」我開啟手機的影片播放功能，把屏幕對正白頭翁。

「你播放什麼趣怪片段？」白頭翁故作輕鬆。

片段中，龍頭老大和師叔一同出鏡。

「老大，我是李權，你認得我嗎？」師叔問。

「認得。」龍頭老大清楚回答。

「我沒殺白粉強，你相信我嗎？」

「相信。」

「你撤銷那江湖追殺令，好嗎？」

「好。」

「小子，你……」白頭翁鐵青着臉。

「我不用你稱讚，我自知大有本領。」我收起手機，轉身道：「師叔，我們往旺角吃宵夜，找一間最旺、最熱鬧的食店。」

「且慢！」白頭翁在背後喝止。

「怎麼了？改變主意？」我背着他問。

「你還沒告知，誰殺死白粉強？」

「你不是一口咬定我師叔是兇手嗎？」

「李權，你一再聲稱自己是清白的，現在就給你辯白的機會，在眾兄弟面前交代誰是兇手。」

「明人不作暗事，總之我沒殺白粉強，至於誰是兇手，我不知道。」

「好啦好啦，你別再逼迫師叔，我告訴你真相，殺白粉強的是蟑螂。」

「蟑螂？誰是蟑螂？江湖上誰的綽號叫蟑螂，你們有誰知道？」

一眾紋身漢交頭接耳，沒人答得上。

「蟑螂就是蟑螂，不是人，六吋長，黑褐色甲殼，有翅膀會飛，一雙前肢呈鐮刀狀……」

「臭小子，你竟敢拿我開玩笑！可惡！」

「我老實相告，信不信由你。」我聳聳肩。

遠方天邊亮起一抹閃電，像老樹的盤根錯節，也像人盛怒時，額上暴現的青筋。

「打雷了，我們上車吧。」師叔拍拍我的肩頭。

「雷不是已經打了麼？」我用拇指暗暗指一下身後，「有人暴跳如雷呢！」

這時，秀雯督察已走出別墅。

我們趕快跟她會合，才登上汽車，「轟隆」的雷聲，像炸彈般在我們周圍響起，隨之而來的是滂沱大雨。那隻斑點貓濕漉漉的從樹叢裏竄出，跳到車旁，「喵喵喵」的向我們求救，我一時心軟，開門讓牠躲進來。

車頭燈照射下，密密麻麻的雨點像數不清的白蛾在車前亂飛。雨刷規律地把擋風玻璃上的「白娥」左右掃開。天雨路滑，我一面小心奕奕的開車，一面向秀雯督察簡單交代誤墜陷阱的經過。秀雯督察戴上口罩聆聽，同時以紙巾替可憐兮兮的斑點貓抹乾身上的雨水，她不發一言，好像對我們在別墅的遇險不感興趣似的。

驟雨集中於新界東北，車子駛入獅子山隧道，雨聲戛然而止，穿出隧道，景象一新，路面乾爽，不見一滴雨水。

今晚一番折騰，總算有些收穫。第一，尋回師叔；第二，師叔的江湖追殺令得到撤銷；第三，知道師叔與白頭翁於二十年前的「殺警案」事件，當年師叔何以突然離開香港，現在我總算明白了，然而，就着師叔的覆述，疑點甚多，礙於秀雯督察同在車廂內，不便討論，我暫且忍口。

到達旺角後，秀雯督察說要把斑點貓抱去收留流浪貓狗的中心，便離開了。

我與師叔光顧光記茶餐廳。

威威熟食店剛收舖，卻不見古大威，只有一個女工與一個高大黑實的中年男人，合力把一桶又一桶的廚餘搬上客貨車。那女工認得師叔，主動向他打招呼問好，師叔應道：「搬運這麼多廚餘，挺辛苦啊！奇了，怎麼廚餘的數量與熟食店的規模不成比例。」

「這些廚餘不全是我們的，還有茶餐廳、車仔麵店、水果店的，大家每晚把廚餘搬過來讓我們收集。」女工以濃重鄉音的粵語回答。

「你們收集這麼多廚餘，幹什麼？」我好奇地問。

「運去餵豬囉。肥威老闆很有心的，他聯絡元朗一家豬場，我們把廚餘送過去給他們餵豬。肥威老闆說這叫做環保，廢物利用。」

那中年男人跳進駕駛座，發動引擎，女工不跟我們搭訕，關上客貨車的尾門，快步攀上副駕駛座。

「浪子回頭的事蹟偶有所聞，一般只當作發生在遙遠地方的故事，如今古大威這個真人版，發生在旺角，但不知怎的，反給我一種不真實的感覺。」我為師叔推開光記茶餐廳的玻璃門。

「開車的男人大概就是古大威在獄中結交的契爺？這人也是浪子回頭啊。」師叔步進茶餐廳，選了角落的卡座，坐下。

沒看餐牌，隨便點了茶餐廳必備的乾炒牛河和揚州炒飯。

我喝一口熱茶，把周圍掃了一眼，壓低嗓門道：「你先前談及澳門的往事，我有幾個疑點。」

「什麼疑點？」

「第一，當日你不似一般的醉酒。第二，白頭翁不斷為你和羅拔斟酒，他自己有沒有喝？」

「二十年前的事，記憶模糊，很難說得準。」

「第三，也是最關鍵的，羅拔是被你推下樓跌死？還是白頭翁告訴你而已？」

「言下之意，你懷疑白頭翁坑我？他為什麼要這樣做？」

「假設，如果你沒退出江湖，仍留在幫會裏，排資論輩，加上個人實力，第二把交椅輪到他坐嗎？」

「當年，我們一文一武，都是幫會的明日之星，論實力，比才能，不相伯仲……」

師叔沉默片刻，「回想起來，當日在澳門，事情的確有些不對勁，但事隔二十年，無憑無據，如何查證？」

「可以查閱警方的檔案。我已傳了訊息給同事，翻查澳門警方……」

夥計端來食物，我們暫停談論案件。

「趁熱先吃東西。」師叔拿筷子放進茶杯裏撩洗幾下，便夾起一箸炒河粉，送進嘴裏，大口大口地咀嚼，一臉食不知其味的苦惱。

我拿湯匙挑了一枚蝦仁和少許炒飯，還沒入口，口袋裏的手機便震動起來，我掏出來，原來是蘇珊組長的回覆訊息，我打開夾附的PDF檔案，果然是1997年羅拔墜樓的檔案掃描，我一看，登時為師叔大呼不值，嚷道：「白頭翁果然說謊，羅拔墜樓早已結案。」

師叔放下筷子，定睛瞧着我，滿臉難以置信的表情。

「當年，澳門警方根據現場環境和驗屍報告，斷定羅拔的死沒可疑。他們在羅拔的血液裏驗出酒精和迷幻藥，在羅拔所住的酒店七樓房間裏，並沒發現打鬥痕迹，而羅拔的行李、證件、財物、門匙沒有遺失，全在房間之內，現場還有半瓶威士忌和少量迷幻藥，因此，結論是羅拔醉酒濫藥，神志不清，失足墜樓。」

「警察辦案太馬虎了。羅拔離開房間，怎可能沒帶門匙？他的財物亦非全在房內，他贏了許多錢，那些錢都被我拿走。」

「門匙？的確費解。不過，澳門警方不知道羅拔贏錢或贏了多少錢，而且，羅拔也不讓別人知道他贏了多少錢。」我嚥下一口炒飯，「唔，如此說來，白頭翁當日肯定滴酒不沾，那瓶混有迷幻藥的威士忌，是他專為你和羅拔而設的，令你們神志不清，究竟誰把誰推下樓？唯一知道答案的人，就只有他。另外，羅拔登門找白頭翁晦氣，看來是贏錢的數目少於預期……」

「我明白了，白頭翁私自扣起一部分龍頭老大答應給羅拔的錢，故意惹怒羅拔，製造爭執，引我入局。這人詭計多端……」師叔一咬牙關，右手握拳，手中竹筷折斷，「我要找他對質。」

「沒用的，他不會承認。」

「不認，我打到他招認。」

「屈打在招，到底說不通。」我替師叔更換一雙新筷子，「要調查真相，有一個人，可以入手。」

「韓鐵手？」

「沒錯。」

「事不宜遲，我這就去找他。」師叔放下筷子，按住我的手臂，「阿Wing，我自己去可以了，你已幫我許多，江湖追殺令也沒有了，你不用保護我。」

「明白。如有需要，你隨時找我。」

師叔是行動派，想到便做，不管應不應該、有無道理，比牛更衝動、更固執。我阻不了他，唯有目送他跑出茶餐廳，心裏祝他好運。

草草吃了大半碟炒飯，感覺已飽，結帳離去，走到行人道上，卻見沒戴口罩的秀雯督察站在我的車旁抽煙，斑點貓則站在我的車頂吃着貓罐頭，且吃得津津有味。

「你……？」

「我在街口的便利店買了鼻敏感藥，吃了便不怕貓毛，可以除下口罩。」

「我的意思是，你把牠放在我的車頂上，搞什麼了？」

「很明顯，牠在吃晚餐。」

「牠應該在收容中心吃晚餐。」

「收容中心最快明早辦公時間才接收流浪貓，牠今晚要到你家暫住。」

「NoNoNooooooo……」

4 同門恩怨

同門白頭翁遇襲，阿 Wing 與秀雯督察一廂情願的以為可從白頭翁口中得到線索，似乎過分樂觀，情況不妙，二人一籌莫展。

1

斑點貓不知在哪裏逮到一隻蟑螂，但沒殺牠或吃牠，只把牠銜到客廳中間，放在櫸木地板上。

這是一隻普通的德國蟑螂，經常在本地家居的牆隙暗角出沒。蟑螂甫離開貓口，立即逃跑，牠的動作雖快，但與反應敏捷的貓相比，就顯得左支右絀，不管牠向哪個方向爬，總被斑點貓擒截。

寒舍雜物多，且沒慣常執拾打掃，斑點貓找到蟑螂並不奇怪。

平日，我對付蟑螂絕不心慈手軟，那些傢伙的繁殖能力極其恐怖，據聞一隻健康的雌性蟑螂，一年可繁衍十萬隻後代，放生一隻，後患無窮。每次我發現蟑螂，都毫不猶疑地提起右腳，垂低右手，除掉腳上的拖鞋，在半秒之內，快而靜的移近，迅雷不及掩耳的拿拖鞋把牠拍扁。

因此，我從沒花過一分一秒去觀察蟑螂，更想不到牠們原來懂得裝死。我猜當這隻蟑螂明白不可能逃離貓爪，就乾脆伏着不動，希望誤導斑點貓以為牠死了，因而失去興趣，繼而忽略牠，讓牠有機會逃生。

蟑螂不動嗎？斑點貓沒掉以輕心，伸出前腳掌嘗試去推弄，最後把牠撥向牆壁。蟑螂「碰壁」後，以為逃亡機會來了，本來六腿朝天的，迅即來一個一百八十度翻身，六腿快速起動，衝向組合櫃與牆壁之間的罅隙，殊不知爬了三吋，還差兩吋便可鑽進罅隙之際，斑點貓一個彈躍，輕宜易舉就把蟑螂按在爪下。

蟑螂始終逃不出斑點貓的「五爪山」。

簡直無聊透頂。

我與秀雯督察就這樣並排坐在沙發上，無聊地觀看來自錦田的斑點貓耍弄德國蟑螂。秀雯督察堅持親自把斑點貓抱到寒舍，因為她懷疑我會把斑點貓遺棄在後巷。關愛流浪貓的女中豪傑，剛中見柔，的確罕有。

其實，她的懷疑合理而明智，因為斑點貓一離開她的視線範圍，我一定把牠遺棄在後巷。遺憾的是，她不僅把牠抱進來，還留下來監視，我根本沒機會打開窗門，把牠「放生」，唯有退而求其次，約法三章，聲明只收留牠一晚，而牠的活動範圍只限廁所。

更遺憾的是，秀雯督察的口頭答應，跟斑點貓的自由意志，完全是兩碼子的事。斑點貓登陸寒舍，就像沒家教的屁孩攻陷迪士尼樂園，到處喪跑、亂跳、瞎衝，於是我的睡牀、書桌、書架、沙發、茶几、電視櫃、飯桌、電腦檯、浴缸、洗臉盆等，非常不幸地，都遺下牠那野性的腳蹤。沒打破撞爛抓花家具，已是不幸中之大幸，最後牠留在客廳耍弄蟑螂，總算是一項破壞力最低的「有益」活動，我還有理由制止嗎？

縱是這樣，牠未得我的同意，就在我的地頭肆無忌憚地玩蟑螂，作為屋主，我始終接受不了。因此，我委婉地向秀雯督察明示或暗示，時間不早了，我要休息，她吃了抗敏感藥，抗敏感藥通常帶來睡意，她也要回家休息。只要她一離開，斑點貓便會在後巷作客。

腦筋飛快轉動，反覆思量，擬好最得體的措詞用字，待要開口，秀雯督察卻早我半秒，問：「你真的放心讓你師叔獨自去找韓鐵手？」

「放心……怎不……放心？」我的舌頭幾乎打結，「白頭翁已取消江湖追殺令，沒有賞金。沒人會找師叔麻煩，況且師叔寶刀未老，也不怕別人找麻煩。」

「的確，他的洪拳非常了得，而你的也不錯。我最佩服武林高手。」

「我嗎？馬馬虎虎啦……唔……時間……不早，我們明天……」

「明天大威財務解封，你看白頭翁會不會回去視察？」

「他不回去才怪。不過，對於破案，他不是關鍵人物，他要幹什麼，我不關心。」

「對啦，你的同事跟進陸律師其餘的電話記錄，有沒有消息？」

「沒有。他們不聯絡我，等於調查沒進展。我看時間差不多了，今天到此為止，明天我們加油吧。」

「今天還沒完結喔，至少，你師叔仍在外面奔波。你猜，他找到韓鐵手沒有？」

「不用猜。」我打開筆記本電腦，開啟軟件，「在師叔身上，除了追蹤器，剛才吃飯時，我暗中加裝一個竊聽器。」

屏幕顯示位置，他在砵蘭街一棟樓宇內。

「卜……碌……」

「太多雜音。」秀雯督察掩着耳朵，「卜卜碌碌的，那是什麼聲音？」

「是桌球的撞擊聲。他在桌球室裏。」我調校軟件，「我把雜音過濾，該聽見他與旁人的對話。」

「快，聽一下他跟誰交談什麼。」秀雯督察興致不減。

我後悔太遲了，師叔要談的事，不能三言兩語交代清楚，少不免要花上一、兩個小時。而且，就算師叔找到韓鐵手，兩人談的不外乎是白頭翁以下犯上、弄權謀私，我不在乎。

我不怕尷尬，故意伸個懶腰，還扯高衣袖，大動作地看腕錶，以示時間不早，可惜，秀雯督察似沒察覺，只在意竊聽器傳來的對話。

「你吃了藥，沒睡意嗎？」我把話盡量說得坦白，「該回家休息……」

「我仍很精神。」

這個時間，忙碌了一整天，普通人家差不多上牀就寢，旺角的小混混差不多下樓吃宵夜，而我不算是普通人，亦非小混混，現在，睡覺和吃宵夜雙雙落空，就連斑點貓也不如，牠剛吃完宵夜，老實不客氣地跳上對面的單人沙發，準備睡覺，牠蜷縮着身體，尾巴以催眠般的節調左右搖擺。

地板遺下一片蟑螂翅膀和一隻蟑螂腿。

「嘶……沙……」

「還沒聽見對話？」秀雯督察輕咬下唇。

「差不多了……」

「……前輩，老實說，你今晚不來找我，我明天亦會找你。」

「說話的是韓鐵手。」我道。

「你師叔找到韓鐵手了。」秀雯督察點頭。

「論輩分，前輩在幫會中屬元老級，跟白頭翁平起平坐，以前輩的實力，定可制衡白頭翁，不讓他為所欲為。」

「白頭翁到底幹了什麼惡行？」

「那混蛋老謀心算，有野心操控幫會，現在回想，舉凡威脅他上位的人，幾年間，都被他一一排擠。當龍頭老大確診患上老人癡呆症後，他就變本加厲，明目張膽，最礙眼的

舉措，就是陷害榮少爺和古大威。」

其實，韓鐵手不知道，二十年前白頭翁已着手排除異己。

「說下去。」師叔心裏一定不好受。

「榮少爺雖然資質平庸，辦事能力一般，但有我們相助，縱使不能開創什麼鴻圖大業，守業總不成問題。可是，白粉強立心不良，引誘榮少爺沾染惡習，嫖賭飲吹，四樣中了三樣，如今淪為酒鬼、道友、病態賭徒，半生不死，自顧不下。白粉強是白頭翁的親信，所作所為全由白頭翁在背後指使。另一宗是古大威坐牢，也跟白粉強有關。」

「啊！」我與師叔同聲驚訝。

「龍頭老大患病前，一直器重古大威，有意栽培他接白頭翁的棒，當幫會的軍師，所以打本錢給他經營財務公司，讓他逐步掌管幫會的財政。白頭翁表面上沒什麼，心裏肯定不是味兒，有次他露了口風，抱怨幾句，給我這個不相干的人聽見。只怪我粗心大意，沒警覺事態嚴重，一心不想多生事端，沒告知古大威，不然的話，他提早防備，就不會中計。那宗案件，古大威的罪名是醉酒襲警。大家都知道，古大威不是酒鬼，從不喝烈酒，喝啤酒也是一杯起兩杯止，絕不會醉酒。至於襲警，更加無稽，他是那種動口不動手的人，典型的笑面虎，使計害人，他認第二，沒人敢認第一；使力揍人，通常留給我去幹。所以，他襲警是絕對沒可能的。」

「古大威既然沒幹，何以入罪？」

「問題是，古大威當晚酒後斷片。出事那晚，白粉強邀他去喝酒，事後他跟我説，他喝了一杯啤酒，便感到頭暈眼花，思考停頓，渾渾噩噩的，當他完全清醒過來，人已在警局裏，腦裏空白一片，之前發生什麼事，毫無記憶。另一邊廂，白粉強説，他們離開酒吧後，遇上警察截查身分證，古大威突然發起酒瘋，不由分説襲擊警察。而那受襲的警察也是這樣説，一口咬定被古大威打傷。上到法庭，法官自然相信警察的口供，判古大威罪成入獄。」

案情似曾相識，與二十年前師叔在澳門「殺警」，如出一轍。俗語説得好，「橋不怕舊，最緊要受」，白頭翁和白粉強二人，果然是「名師出高徒」。

「如果白粉強陷害古大威，古大威出獄後怎麼不追究？」

「他啊，不知是撞邪還是嗑錯藥？偏偏在監牢裏信教，我探過他一次，跟他分析案中疑點，他若同意，我便親自去綁架那警察，找個秘密地點，把他關起來，慢慢審問，定能求個水落石出。誰知，古大威竟然既往不究，還跟我說，忘記背後，努力面前，阿門。我幾乎給他活活氣死！」

又是那句《聖經》金句「忘記背後，努力面前」。

我不敢否定信仰能改變生命，尤其我的姊夫是傳道人，姊姊是虔誠信徒，什麼黑道中人重生得救的見證，間中也聽他們提及。然而，「阿們」出自古大威口中，不知怎的，我總是覺得格格不入。

「假設白頭翁是陷害古大威的幕後黑手，動機是排除對他的權位構成威脅的人，那麼數算一下，下一個受害人，該輪到你韓鐵手吧，你不擔心嗎？」

「我不是白頭翁的威脅。我只是一頭武牛，有勇無謀，白頭翁不把我放在眼內。而且，我雖然不滿他的行徑，但他的勢力龐大，我自問鬥他不過，唯有一直忍耐，直至今晚遇見前輩，知道你們有實力跟白頭翁抗衡，才放膽說出真心話。唉——」

「鐵哥——鐵哥——」竊聽器收到另一把聲音，「樓下泊車的兄弟通報，白頭軍師正乘電梯上來。」

「前輩，我們暫時談到這裏，日後保持聯絡。小強，你帶前輩由後門離開，別讓白頭軍師的人看見。」

「知道。」

韓鐵手當然不敢大意，若給白頭翁看見兩人交談，他便猜到把我們從陷阱放走的「內鬼」就是韓鐵手。情況緊急，相信師叔亦樂意合作，由後門撤退。

「等一等，我的鞋帶鬆了，要綁緊一下……」師叔的聲音突然收細，「我把竊聽器收在椅底……」

秀雯督察用手肘輕輕碰我，笑着問：「你剛才不是説——暗中——加裝竊聽器嗎？」

「嘻嘻，薑還是老的辣。」我拍拍後腦杓。

之後，竊聽器傳來雜亂的桌球撞擊聲，再沒人交談，相信師叔已經離去，韓鐵手安靜地等候白頭翁到來「踩場」。

大約過了三分鐘，再次聽見韓鐵手的聲音：「軍師，如有什麼指示，給我打個電話便可以，不敢勞你的大駕。」

「湊巧路過，順道上來看看桌球室，唔，生意蠻好。」

「這個月進帳不少。」

「是這樣的，鐵手，我接到警方通知，財務公司明天解封。我打算上去瞧瞧。為安全計，你多帶些兄弟……」

兩人對話的聲音愈來愈小，可能為怕旁人聽見，故意壓低聲音，也可能兩人邊說邊走，漸漸遠離竊聽器的收音範圍，總之雜音增加，人聲和桌球聲混雜在一起，不管如何調校軟件，甚至後來閉上眼睛，集中精神聆聽，都聽不出什麼端倪。

時間一久，愈集中精神，愈覺倦怠，加上整天跑來跑去，實在疲累，下垂的眼皮漸漸沉重……

「啊——」秀雯督察打呵欠，抗敏感藥的副作用終於發作。

打呵欠這動作原來是會傳染的。

「啊——」我接着也打了一個更大的呵欠……

2

眼皮再度抬起時，晨曦從窗簾之間透進室內，天亮了，張開一絲惺忪睡眼，察覺仍坐在昏暗的客廳裏，昨晚原來沒有回房睡覺，大概半夜時分，在半睡半醒之際，用遙控器把電燈關掉吧。

此刻我感到大腿又疲又累，伸出左手搓揉一下，指尖竟觸及一些不屬於大腿的肢體部位，例如頭髮、前額、鼻尖，而且這些部位不是我的。

奇怪？

垂頭一看，登時嚇出一身冷汗，睡意全消。狀況嚴峻之極！

秀雯督察竟拿我的大腿作枕頭，曲身側臥在沙發上，睡得正香。

我極力保持鎮定，慌忙挪開左手，不敢再作出任何較大的動作，以免弄醒她。

還沒想好應對的説話，弄醒她只有尷尬，難道跟她説，嗨，早晨啊，秀雯督察，我的沙發和大腿舒服嗎？哈哈哈……

「啪！」

左手安份守己，右肘卻糊塗冒失，不經意地碰跌擱在沙發枕手上的筆記本電腦。

秀雯督察遽然驚醒。當她在兩秒鐘之內，驚覺身處的，並非自己的睡房時，就像觸電一般，彈離我的大腿，端端正正地坐着，雙手左右拉緊一顆衣鈕也沒鬆脱的衣襟，雙眼怔怔的瞧着對面單人沙發上的斑點貓，輕輕調整呼吸，小聲的吐出兩個字：「早晨。」

「早晨。」除了這兩個字，我根本想不到任何恰當的字詞作回應。

對面的斑點貓張開大了口，露出尖牙，打了一個大呵欠。

「我……要……回警署。」

「我送你吧，噢……」左腳抽筋，立足不穩，身子不受控的向左傾側。

「哇——」秀雯督察跳開，頭垂得更低，衣襟拉得更緊。

「對不起，我的腿抽筋，也許昨晚長時間被壓着，血氣不通暢。」我扶住沙發，勉強站穩。

「我還是先走了，再見……」秀雯督察三步併作兩步的跑出大門。

「等一等……」我在後面想叫住她。

「嘭——」大門關上。

「你忘了抱走牠……」

斑點貓伸個懶腰，稍微抬頭，再伏下，用一雙前腳掌遮掩頭臉，繼續做牠的春秋大夢。

這傢伙真懂得享受！

還是辦正事要緊，沒時間跟牠計較。

拉開窗簾，推開窗門，讓清晨的日光和清風充滿室內，驅走悶氣和貓味。我抖擻精神，撥開雜物，在茶几上拾起手機，致電給姊姊。這個時間，她大概在弄早餐。鈴聲響了四遍，她終於接聽電話。

「姊姊，早上好。」

「咦？阿Wing，早晨。」

「我打電話問《聖經》。」

「噢！難得你關心《聖經》。」姊姊喜出望外，「有什麼疑難，隨便發問。」

「關於一句《聖經》金句，『忘記背後，努力面前。』一個刑滿出獄的黑道中人以這金句表示自己重生得救，改過遷善，引用得合適嗎？」

「就字面意思，可以說合適。」

「你的說法是深層意思就不合適了？」

「嗯，首先，我們閱讀《聖經》，要顧及上文下理，不應孤立地只看中間一、兩句。」

「有道理，不僅讀《聖經》，讀什麼也切忌斷章取義。」

「這金句出自〈腓立比書〉第三章，使徒保羅以自己的出身背景作實例，反駁那些守舊的猶太信徒過分拘泥於律法儀文。保羅的血統、師承、語言和生活方式等，在當世之時，盡都輝煌得無懈可擊，但基督信仰的核心是因信稱義，並非靠行為得救，有時，人的成就帶來驕傲，而失卻謙卑，故此保羅視這些卓越的個人成就，是追求信仰的障礙，他寧願丟棄如糞土，把它們遺忘在背後，如賽跑一般，全心全意向着前面的信仰標杆直衝。」

「我明白了，那黑道中人坐牢前壞事做盡，根本沒什麼卓越的個人成就需要忘記，所以他錯用金句。」

「也不能這樣說，阿Wing，不要戴有色眼鏡看人，人家初信，不熟識《聖經》，錯也無可厚非，你不能因此懷疑人家並沒得救。」

姊姊不明白，「懷疑」是我工作的重要部分，幫助我從多角度思考，不放過任何線索。

「姊姊，不說了，我要去工作，拜拜。」

「阿Wing……喂……」

古大威有殺人動機，我有理由懷疑他。

大膽假設——古大威被白粉強陷害入獄，他在獄中行為良好，提早獲釋，而信教是一項容易獲得高分的「良好行為」。然而江山易改，本性難移，由始至終，這人滿肚密圈，城府甚深，表面上的低調，不代表他洗心革面。出獄後，改做正行生意，不涉足江湖勾當，極可能為了轉移黑白兩道的視線，伺機復仇殺人。

至於他如何操控蟑螂殺人？以及跟小莉的案件有何關連？則需要進一步小心搜證和求證。

趁古大威仍不知自己已被懷疑，我們攻其不備，直接搜查他的熟食店，那兒污糟邋遢，要養活一大窩蟑螂，食物多的是，而且位置接近大威財務，古大威一看準時機，便可放蟑螂上樓殺人，故此，只要在古大威的店裏找到巨型蟑螂，他就沒法開脫。

我遂致電師叔，告知我的想法。他也同意，於是約他到威威熟食店碰面。

掛線後，我再致電秀雯督察，邊談邊離家，跑往地鐵站。

速戰速決，要殺古大威一個措手不及。

3

如要區別「旺角人」在夜晚和早上的行為類型，可一刀切的把他們粗略劃分為兩大類，夜晚出動的屬於消遣型，早上的則是工作型。

早上，如潮水般的上班族，一羣接着一羣的湧出地鐵站，扇形四散，沒入大街小巷，有些直接走進商業大廈，有些在外賣店、便利店選購簡單的早點。

收集廢紙的公公婆婆把守地鐵站出口各個據點，等候乘客轉交看完的免費報紙，再綑成一大紮，蘸點清水增加重量，再賣給廢紙回收商，賺取十元八塊。

漸漸取代郵差、但薪水仍差一大截的速遞員在地鐵內分發信件、包裹，負責派遞旺角區的，揹着沉重的布袋，由銀行中心出口走上地面，逐一進出彌敦道兩旁的商業大廈。

與彌敦道一街之隔的西洋菜街，受聘於攤販的印巴裔工人陸續運來鐵筒、帆布，開始為攤販搭建「檔口」。總之，一日之計在於晨，消遣時盡興，工作時盡力，香港人不分膚色，不分藍領白領，都準時各就各位，開展辛勤的一天。

我首先到達威威熟食店門外，店門關閉，還沒營業。於是我跳上行人道的欄杆，坐着等候師叔和秀雯督察。

不期然回想昨晚的處境，既尷尬又奇怪。

大腿一直被秀雯督察枕着，毫不舒服，我怎會睡得那麼安穩？她曲身側臥沙發上，姿勢亦很侷促，怎能熟睡？更何況我們分別是特工和警察，都受過專業訓練，警覺性應該很高，安寢無憂不是我們的特質，不舒服地「安睡」一晚，她服了有睡意的抗敏感藥，尚可解釋，而我呢，真想不通啊！

快要搔破腦袋之際，秀雯督察來了。她換過一套較鮮色的衣服，還化了淡妝，離開寒舍至今，時間其實不多，她可以換衫補妝，效率真高！我仍舊穿着昨日那身衣服，又髒又縐，腋下部位還散發着汗臭，汗顏之極。

「嗨。」

「師叔還沒到。」

「我們等一會吧。」她靠着欄杆，從衣袋裏掏出香煙包，「介意我抽煙嗎？」

「不介意，請隨便。」

「吸二手煙，對身體有害。我日後會戒煙的。」

不妥呢！按她的意思，戒煙是為免我吸入她的二手煙？

此案完結後，我與她日後不會經常碰面，吸她的二手煙的機會不多，她戒煙與我何干？

莫非，經過昨晚的孤男寡女共處一室，她想歪了……

再看她在裝扮上、態度上的轉變，我的懷疑並非多心。

「其實我……」

「喂，你們聊什麼？」師叔偏偏在最不恰當的時候出現。

「我們……聊什麼……」我唯有另開話題，「其實我……還沒吃早餐。」

「光記茶餐廳已營業，入去吃份早餐吧。」秀雯督察抽出一根香煙，遞給師叔。

「又吃光記的食物，太膩了。」我搖頭。

「看，白頭翁來了。」師叔接過香煙，瞅着我身後的商業大廈，「多謝，秀雯督察。」

我跳下欄杆，轉身看時，只見兩輛七人車在大廈門外停下。韓鐵手和白頭翁率領十個大漢下車。他們瞧見我們站在馬路對面，沒任何反應，當作互不相識。今天，我們的目標是古大威，白頭翁到財務公司料理「家事」，又有一隊人馬保護，無需我們為他操心。

韓鐵手指示一半人留守大廈出入口，與另一半人浩浩蕩蕩的保護白頭翁上樓。

「好大陣仗呢！」師叔嗤之以鼻，「呸！無膽匪類。」

「白粉強昨日橫死樓上，不由得白頭翁不小心。」我道。

「對啦，關於白粉強和古大威那宗襲警案……」秀雯督察拿打火機為師叔點煙，「我今早特地翻查有關檔案，找到一些資料。那受襲的休班警員叫唐天生，並非駐守旺角區，他聲稱當晚看見古大威和白粉強形迹可疑，便主動截查。」

「別區的休班警員來旺角執勤，嘿嘿，太着迹了。」師叔「呼」的吐出一個煙圈。

「唐天生的個人操守大有問題，他曾因違反紀律被警隊內部調查，最終證據不足，不了了之。」秀雯督察也為自己的香煙點火。

置身兩大煙民中間，好漢不吃二手煙，我機警地退後，騰出垃圾桶位置，讓他們「打邊爐」。

「還有，你們猜去年替古大威辯護的律師是誰？」

「香港這麼多律師，怎猜？」師叔把煙灰彈進垃圾桶蓋頂的「煙灰盅」內。

「難道是陸志仁……」我心領神會。

秀雯督察大力點頭。

「Bingo！最後一塊拼圖終於出現。」我對着空氣打出一記由下向上的拋搥，「我們要儘快找到古大威……」

「你們要找我？有急事嗎？」古大威一面用牙籤剔牙，一面從我身後的光記茶餐廳踱出來，「嗨，權哥，你帶朋友來吃肉骨茶和糯米飯嗎？對不起，今早有點阻滯，要遲些開舖。」

「這位是旺角警署的張督察。他是我的師侄阿 Wing。」

「兩位好。」

「肥威老闆，我早餐也沒吃，特地空着肚子來品嚐那碗馳名旺角的肉骨茶。」

「實在萬二分抱歉，Wing哥，請多等一會，我的契爺正把食材運過來，半小時吧，半小時準到。三位若是太餓，請先到光記吃些東西，入我的帳。」

「不必了。」秀雯督察拿出記事簿，「古先生，我想問你幾個問題，關於你一年前那宗襲警案。」

「往事不堪回首，我本不想再提，但基於警民合作，我知無不言，張督察，請問吧。」

「去年，案發當晚……」

「救命呀——救命呀——」

對面商業大廈高處傳出男人的高聲呼救。

我們和街上的路人都停下來，紛紛抬起頭，瞇眼張望，但見一人打開五樓「大威財務」其中一扇窗門，從室內攀出外牆，張皇失措的，站在狹窄的窗緣，扶着窗框，搖搖欲墜。

「那是白頭翁啊！他搞什麼？」師叔指着上方。

「那人想自殺麼？」旁邊有路人插口。

「自殺怎會喊救命？」另有路人回應。

「下面的人快躲開，被他壓中，齊齊喪命呢！」也有路人揚聲警告。

被迫越窗逃生，一般見於火警，火場內的濃煙、高溫、烈焰令人沒法留在室內，若正常的出口受阻，攀窗是唯一暫時保命的途徑，然而攀出窗外以後，如何爬落地面，卻是關乎生死的難題。此刻所見，「大威財務」並沒起火，把白頭翁迫出窗外的到底是什麼？

「救命呀——蟑螂呀——很多——巨大的蟑螂……」

「神經病……」

「蟑螂有多大？竟嚇得他爬窗逃跑！」

「一個大男人，竟害怕蟑螂，真無稽……」

大部分路人都不以為然。

我、師叔和秀雯督察則心裏有數，古大威或心知肚明。

「救命……」白頭翁顯然處於極度恐慌的狀態，為了遠離「大威財務」，他不顧後果的跳下懸掛外牆的冷氣機頂上，幾乎失足墜樓，險象橫生。

街上一遍嘩然。

「小心啊！」古大威大叫，他在貓哭老鼠嗎？

「不要亂動！」秀雯督察喊道。

多了一個數十公斤重量的男人，一下子超越冷氣機支架的負重極限，其中一段表面長鏽的角鐵開始鬆裂，白頭翁隨時從高處墜下。

「阿Wing，救人呀！」師叔盯着一個印巴裔工人手推車上的大綑帆布。

「是！」我一個箭步搶過去，抓起帆布，使力向外一抖，帆布「呼」的張開，覆蓋路面一半行車線。

秀雯督察高舉委任證，截停駛來的汽車。

那印巴裔工人、茶餐廳夥計、便利店收銀員、報販、師叔、古大威、幾個路人連忙跑過來，站在四面，一同拉緊並舉起帆布，移到白頭翁最大可能的「落點」，充當安全墊。

五樓畢竟太高，若果白頭翁丟下來，體重加上下墜衝力，即使抵消空氣阻力，至少仍有三百磅，這塊帆布恐怕承受不了。白頭翁最好還是別丟下來。可是，冷氣機因支架鬆裂而向外傾斜，白頭翁漸失平衡。

「嗚……嗶……」聽見警笛聲。

「消防員快到了，你抓緊牆身的水管，保持平衡，多撐一會。」我大聲喊道。

白頭翁似乎冷靜下來，欲伸手抓住牆身的水管，豈料，他突然不知受到什麼驚嚇，慌張尖叫，非但縮回雙手，更不敢靠近牆身，反而後退至冷氣機邊緣。

「不要動呀！」我喝止他。

冷氣機支架經不起失衡的負重，「軋」的傾側，冷氣機身仍有一些螺絲扣住，白頭翁則毫無憑藉。

「呀──」白頭翁向街心俯衝掉下，「啪」的直落帆布之上。

衝力太大，我的虎口感到一陣疼痛，帆布應聲破裂，白頭翁撞落路面。

幾個人放開帆布，搓手喊痛。

「快，挪開帆布。」秀雯督察叫道。

眾人合力把帆布拉開。

我首先蹲到白頭翁身旁。他失去知覺，雙目緊閉，左手和右腳扭曲變形，身體多處出血，躺臥血泊之中。我大略檢查他的生命徵狀，仍有微弱的呼吸和脈搏，受傷極重。

「消防和救護都到場了，他傷得重嗎？」秀雯督察蹲在另一邊。

「仍然生存，你守着他，別讓他死掉。」我瞥一眼圍觀者中的古大威，「我上去看個究竟。」

「我陪你上去。」師叔道。

這時，救護員推着輪牀趕到。韓鐵手剛從商業大廈正門奔出，上氣不接下氣的，臉上沒半點血色，看似驚魂未定。我上前拉住他，喝問：「樓上發生什麼事？」

「蟑螂……又多又大的蟑螂……」

「你把話說清楚！」

「那些蟑螂，如你昨晚所形容的一模一樣，挺可怕呀！」

「你先深呼吸，鎮定一下，告知我樓上的狀況。」

「剛才白頭軍師獨自進入經理房查帳……我們在外面把守，沒多久……他在裏面大叫救命。我第一個打開房門……察看……裏面……佈滿巨大的蟑螂，他逃不出來，我們進不得去，後來……」

「後來怎樣？別吞吞吐吐！」

「後來，有幾隻蟑螂想爬出來咬我們，我便關上房門……」

「讓白頭翁在經理房內自生自滅，對嗎？」師叔在旁冷笑。

「我們實在沒本事衝入去救他。他捽死了嗎？」

「還沒斷氣。」我放開韓鐵手，與師叔交換眼神，一同走進左邊的家庭用品連鎖店，在貨架上取了兩支殺蟲水。鄧輝與蟑螂戰鬥的經驗，足供借鑑。

「我跟你們一起上去。」秀雯督察跑進來，也取了一支殺蟲水，「救護員已把白頭翁送院，他應該能保住性命。」

「那麼，我們聯手對付蟑螂吧！」

「走！」

我們付了錢，各自手握「武器」，大步踏進商業大廈，逮捕那些「殺人兇徒」。

4

五樓的「大威財務」門外，黑幫漢子早已在場，警察則剛到達。

秀雯督察一聲喝令，兩批人馬統統退開，讓出通道。

隔着玻璃門觀察，財務公司裏面並無異樣，像是午飯時分，人去樓空一般。

知道「兇徒」的厲害，我們採用品字形陣式，我居中推門入內，師叔與秀雯督察穩守左右兩翼，大家都舉起殺蟲水，指頭放在按鍵之上，一觸即發。

「Madam Cheung……」後面一名警長壓低嗓門，「你沒帶佩槍麼？我可以借給你。」

「閉嘴！」秀雯督察板起臉孔。

「權叔……」一名漢子也在後面壓低嗓門，好意提醒，「小心天花板……」

「別多嘴！」師叔也板起臉孔。

「是……」兩人自討沒趣。

眼下縱然不見一隻蟑螂，我們依然步步為營，唯恐蟑螂突然從天花、牆隙、櫃背等處湧出，殺我們一個措手不及，故此不敢輕敵冒進，鄧輝和白頭翁的下場，一個截肢留醫，一個墜樓昏迷，都教我們不能不提高警覺。

經過接待處，直入辦公室，一路順暢無阻，當然，我們的最後戰場是經理室。

隊形不亂的來到經理室外面，我搖晃手上的殺蟲水，左膝跪地，向門底與地板之間的縫隙噴射，以防蟑螂在門後埋伏。

秀雯督察配合推開房門。

房內飄出一陣古怪的氣味。

「這氣味……」師叔眉頭大皺。

秀雯督察掩臉打了一個噴嚏，連忙戴上口罩。

這氣味有點像臭豆腐或醃鹹魚，也有點像發酵芝士，再混合殺蟲水，總之就是惡臭難聞。

房門已開盡——

秀雯督察站立，師叔坐馬、我保持左膝跪地，三支殺蟲水的噴口分上、中、下三個方位對準空無一人的經理室，隨時「開火」。

可是，裏面不僅沒人，也沒蟑螂，一隻也沒有。

夾萬打開，裏面放着一疊疊的鈔票，還有一些帳簿和文件，可能是白粉強放高利貸的證據。

我不敢分心，一路追蹤蟑螂的蹤迹，直到窗前。這趟就連蟑螂腿也沒留下一根，牠們已全軍撤退。

望向街道，古大威就站在威威熟食店門外，仰望「大威財務」。他每天都在那個位置監視自己的「舊公司」？此際，他在想什麼？要取回屬於自己的東西？且要更多，連本帶利？

「他有不在場證據，他與我們一起站在同一位置目擊白頭翁墜樓。」秀雯督察站到我身旁，一同俯視古大威，「放蟑螂上樓攻擊白頭翁的人，並不是他。」

「不在場不等於他沒嫌疑。」我把殺蟲水放在窗上，「我相信，他沒本事操控蟑螂殺人，另有人相助他報仇，他亦把此人介紹給陸律師謀害鄧輝和小莉。」

「可惡！我也給這傢伙騙了，以為他改邪歸正。我這就下去搜查他的店，跟他對質。」師叔雙眼通紅，似要噴出兩團怒火。

「沒用的。」秀雯督察輕拍我們的肩頭，「今早他跟我們一起合力張開帆布拯救白頭翁，不是那塊帆布卸力，白頭翁肯定當場跌死，所以，古大威有大條道理，不承認指控。」

「就我們所見，威威熟食店還沒營業，店門仍關上，白頭翁遇襲時，裏面一直毫無動靜，看來蟑螂並非存養在店內。我們現在搜店，恐怕搜不到證據之餘，還打草驚蛇。」

「難道我們奈他不得？」師叔一拳擊在窗台上，把我的殺蟲水震落地板。

「不會的，所謂百密一疏，我們一定會能找到證據。這樣吧，我們先到醫院了解狀況，若是白頭翁甦醒過來，便為他落口供，看看有沒有線索指向古大威。」

「你和阿 Wing 去醫院吧，我留在旺角盯住古大威。」

「也好，我們分頭行事。」秀雯督察瞄我一眼。

「師叔，你若有任何發現，務要先通知我，不要衝動。」我不好意思跟秀雯督察有正面的眼神接觸。

「我自有分數，你們快去醫院吧。」

「保持聯絡。」

別過師叔，我與秀雯督察趕往醫院，希望白頭翁的狀態，適合接受問話。

5

我與秀雯督察過分樂觀，一廂情願的以為可從白頭翁口中得到線索，他仍昏迷不醒。

醫生向我們交代，經過搶救，白頭翁雖度過危險時期，保住性命，但他遭受腦震盪，何時甦醒，誰都説不準。

離開深切治療部，一時之間，不知何去何從，我與秀雯督察分別坐着和靠着醫院主座大樓門前行人道的欄杆，感到一籌莫展。

韓鐵手與幾個手下在露天停車場附近流連，像一團沒頭沒腦的淺水浮游生物。蛇無頭不行，白頭翁不能主事，師叔拒絕復出，韓鐵手有勇無謀，沒能力支撐大局，整幫人變得無所適從。

對面的急症室入口，一輛閃亮藍色燈號的救護車匆匆而至，車停定後，救護員迅速打開尾門，扛出輪牀，把奄奄一息的傷患匆匆送進急症室裏。那傷患是好人或壞人？無從得知，救護員責任所在，不論好壞，總要搶救。

秀雯督察掏出香煙包，想了一想，似又要開口問我介意與否。

為免誤會加深，還是直截了當，我搶先以平淡如常的口吻説：「我有女朋友，她是我的同事。」

「嗯。」她抽出香煙，叼在口裏，「是那個Ada？」

「當然不是。」

「還好，你的品味也不至於如此差劣。」

「她也是特工。」

「我在男人堆裏工作。」她取下香煙，用兩根指頭夾着。

「她目前在首爾執行秘密任務。為免行蹤曝露，不能跟任何人聯絡，也包括我，足有兩個月了。」

「我的手下全是男人，個個都是老粗，我要領導下屬，又要震懾小混混，少一點硬朗也不行。」

「與同事拍拖，有時也頗矛盾。那些只有行內人才明白的難處，我們彼此體諒，不必耗費唇舌解釋，但另一方面，固然聚少離多，即使一同執行任務，私人感情與團隊合作之間的平衡，實在難以拿捏準確。坦白說，我不是一個善於處理感情的人。」

「我從前很斯文的，念書時雖然是個運動健將，但離開運動場，穿起校裙，男生爭着約會我。」

「我念書時很笨，不知如何開口約會女生，試過一口氣跑幾個街口，假裝與她在街上偶遇，然後借故攀談，結果只說了一句早晨，我便跑開了。」

「你念哪間學校？」

「我在……」

「鈴……」

有人致電秀雯督察。

「喂……我是……啊，司徒教授，你好。有結果了？請說……是……明白，太好了，謝謝你……你的資料很重要，我們會跟進，再見。」

「有什麼結果？」我急不及待。

「司徒教授查到那種巨型蟑螂的原產地，是印尼峇里島的火山區。」

「印尼……」我拍一下側額，如夢初醒，「呀！我們一直忽略了一個人。」

「誰？」

「古大威的契爺。古大威經常提起他。我不肯定有沒有見過此人。此人來自南洋，蟑螂來自印尼，太巧合了！當蟑螂襲擊白粉強、白頭翁時，兩次都沒人在現場看見他，他當時躲在哪裏？在幹什麼？」

「這人神神秘秘，的確可疑，值得調查。」

「對！」我取出手機，致電給師叔，「喂，師叔，你還在旺角嗎？」

「在。」

「你的位置看不看見古大威的熟食店？」

「清楚看見。」

「店裏現時有什麼人？」

「古大威、兩個女工，以及昨晚開客貨車搬運廚餘的男人。」

「你先沉住氣，裝作若無其事的過去，叫碗肉骨茶喝，借故打聽那人是否古大威經常提及的契爺，若是的話，拍張照片傳給我。」

「即辦！白頭翁的情況如何？」

「沒生命危險，但昏迷不醒。」

「噢。那麼我先去熟食店打聽，稍後給你消息。」

師叔掛線。

我與秀雯督察互望一眼，都明白暫時要忍耐和等待，實在急不來。

她拿打火機點煙，沒問我是否介意了。

此時，露天停車場那邊也有動靜，韓鐵手等人急急上車，不知趕着往哪裏去。

「他們為何如此匆忙，往哪裏去？」

「有什麼事情比白頭翁的安危更重要？」秀雯督察啜着香煙說。

「白頭翁昏迷不醒，或已變得不重要了。」

韓鐵手看來理解我們的好奇，當他的車子駛經我們身前時，特意把車停下，放下車窗，主動報料：「收到榮少爺通知，召開緊急會議，聽說古大威重出江湖，協助榮少爺主持大局，直至白頭軍師康復。」

「嘿嘿……」我只是冷笑，不作回應。

韓鐵手於是關上車窗，駕車離去。

狐狸終於露出尾巴，什麼改邪歸正、重新做人、不涉足江湖勾當、改做正行生意，統統都是謊話，表面上扮作好人，暗地裏掃除障礙後，名正言順、堂而皇之地掌管幫會了，他現在大可「忘記背後」被白粉強和白頭翁的陷害，「努力面前」的黑幫買賣呢！

不過，有我的插手，他的如意算盤快將打不響。

我不會讓你得逞的，古大威！

「嗶——」手機收到一個圖像檔案。

打開一看，師叔傳來一張三人的歡然合照。背景是威威熟食店，師叔站在中間，左手拿着一碗肉骨茶，右手豎起大拇指。古大威和那個高大黑實的男人熱情地站在他的左右，都咧嘴而笑，那男人露出灰黃的門牙。即是說，那人就是古大威的契爺了。我連忙把照片轉發給情報組的蘇珊組長，附加一則短訊，請她從速將此人「起底」，特別是今早白頭翁墜樓前後的行蹤。然後我繼續等待，秀雯督察繼續抽煙。

急症室入口的救護車已離開，另一輛閃亮藍色燈號的駛到。這次，送來的傷患又是什麼人？

老的少的？男的女的？高的矮的？肥的瘦的？貧的富的？賢的愚的？也是一概不知，換一個角度，什麼人都有可能遇上意外，這一刻好端端的，下一刻可能飛來橫禍。

想起劉以鬯的小說《打錯了》，同一故事，不同的結局。第一個結局，男主角沒聽電話，如常出門，到了巴士站，被失事的汽車撞死。另一個結局，男主角接聽一通「打錯了」的電話，延誤出門，相差僅是十數秒鐘，還沒到達巴士站，交通意外已發生，他避過一劫。

可見，簡單如接聽電話的選擇，已可能改變一個人的生死。

世事難料，天有不測之風雲，人有霎時之禍福。

太陽不知不覺間越過主座大樓的房頂，陽光直接照射行人道，熱刺刺的，曬在肌膚上，感覺像蚊叮蟲咬，我想起那些蟑螂，秀雯督察或有相同的感受和想像，我們不約而同地離開欄杆，躲進騎樓底下。

「嗶——」

蘇珊組長傳來一份檔案，情報組的效率真高。

趕快打開，與秀雯督察一同閱讀。

「林樹森，祖籍福建省福州市，現年五十七歲，五歲隨家人從福州移居印尼，在當地成長，小學教育程度，長期沒固定職業，沒固定居所，去過東南亞不少地方混，包括泰國、馬來西亞、新加坡、越南等。積犯一名，犯罪紀錄厚如電話簿，曾在印尼和香港坐牢，所犯的並非嚴重罪行，罪名全是行騙。」

「罄竹難書。」秀雯督察把煙頭弄熄，一臉鄙夷，「寶藥黨、祈福黨、跌錢黨、借電話黨、電子零件黨，是個欺負公公婆婆、無知主婦的無恥騙徒。」

「我覺得他只是個騙子，不是殺人犯，從他的眼神，我看得出，他沒膽量殺人，詐騙已是他的上限。」

「嗶——」

蘇珊組長再傳來三個圖像檔。

我開啟圖片，逐一把它們放大。這都是蘇珊組長使用臉容識別軟件，從道路監察攝錄系統擷取的照片，分別在元朗大棠路交通燈、大欖隧道收費亭、太子道西交通燈，拍攝到林樹森駕駛客貨車的經過。

今早古大威告訴我們，林樹森正運送食材到旺角。

與照片的拍攝時間完全吻合。

這次，他沒說謊，白頭翁遇襲墜樓時，林樹森從元朗開車往旺角，不在案發現場。

換句話說，當時，古大威站在我們身旁，林樹森在前往旺角途中，兩人都沒出手傷害白頭翁。

「花了這麼多工夫，跑了這麼多冤枉路，又重回起步點嗎？」秀雯督察有點洩氣。

「不是的。工夫雖多，但沒白花，跑的路雖迂迴，但沒冤枉。」我再看那張三人合照，「疑兇一定是他們兩個。目標既然鎖定，我有信心查出他們如何下手犯案。」

「沒錯。鎖定目標，已是一大突破，我不會放棄的。」秀雯督察隨即調整心態，提升士氣。

「那麼，我們去找師叔，大家坐下來，從長計議，部署下一步行動。」

「回旺角去。」

我們橫過車路，走進停車場，剛坐進車子——

「鈴……」

一說曹操，曹操便到，師叔來電。

我改用免提接聽：「師叔，請說。」同時啟動引擎，把車駛離醫院。

「阿Wing，剛才那張照片合用嗎？」

「合用。我與Madam Cheung正回旺角，待我們見面時，才告訴你林樹森的底細。」

「先別管林樹森，古大威離開旺角，臨行前告訴熟食店的女工，他要去開會，我跟蹤他，看他去哪裏跟什麼人開會？」

「不用了。榮少爺召開特別會議，宣佈古大威出山，協助龍頭老大處理幫務。」

「引狼入室……」師叔在另一端長長歎氣，「龍頭老大的江山就此斷送。」

「始終是黑幫勾當，不管誰接手經營都沒好結果，李師傅，你早已退出江湖，無謂為他們傷神。」

「說的也是。我返港只為小莉討回公道。對啦，兩位，我還發現一點線索。」

「什麼線索？」

「在大威財務經理室的古怪氣味，某程度上，跟威威熟食店的煎釀三寶醬汁相似。剛才古大威請我吃煎釀三寶，我放到嘴邊，就嗅出來，經理室那股氣味裏含有醬汁的成分。還有，我記起，白粉強受襲當日，在經理室裏也有一份煎釀三寶，白粉強說是古大威使人送給他的，他嫌味道怪，沒吃便扔進垃圾桶裏。」

「我明白了！」

「你明白什麼？」師叔與秀雯督察異口同聲道。

我明白古大威的作案手法。

根據鄧輝的口供，當晚在西貢，那神秘人利用氣味特別的粉末召喚蟑螂，相信此人有方法製造蟑螂的費洛蒙。兩次在大威財務經理室出現的古怪氣味，就是同一種費洛蒙，誘使蟑螂爬進去襲擊白粉強和白頭翁。白粉強因吸食毒品，神志不清，沒能力逃跑，結果坐以待斃。而白頭翁神志清醒，情急之下攀窗而逃，失足墜樓受傷。如此說來，白粉強遇襲，古大威靠煎釀三寶作掩飾，把費洛蒙送進經理室。

那麼，白頭翁遇襲，古大威如何把費洛蒙送進去？

這個謎底，我會找出來的，走着瞧吧。

前面十字路口，交通燈號剛由綠轉黃。同一時間，我踏下油門，車子正在加速。

紅燈非停不可，至於黃燈嘛，尚有些微時間足夠給我衝過十字路口。

若然硬生生的把車煞停，要多花幾分鐘等候燈號轉換，費時失事，我沒此耐性，乾脆大力盡踏油門，車子加速再加速，隆然衝出十字路口。

前面的黃燈轉成紅燈，已沒退路，現在不可能把車急停，停在十字路口中央，阻塞交通。左右兩側的燈號則是紅轉黃，提示司機準備開車，趁着他們由起動至加速之間的空隙，我繼續驅車向前衝，「呼」的一聲以高速駛過十字路口，右轉拐彎，開進通往快速公路的行車線。

「先生，你剛才干犯交通規例，我會請同事把告票寄到府上。」

真相大白

「我聽聞你現在的角色，是暫時協助榮少爺處理幫務。如今，你把龍頭棍據為己有，野心好大啊！你想當龍頭老大嗎？」

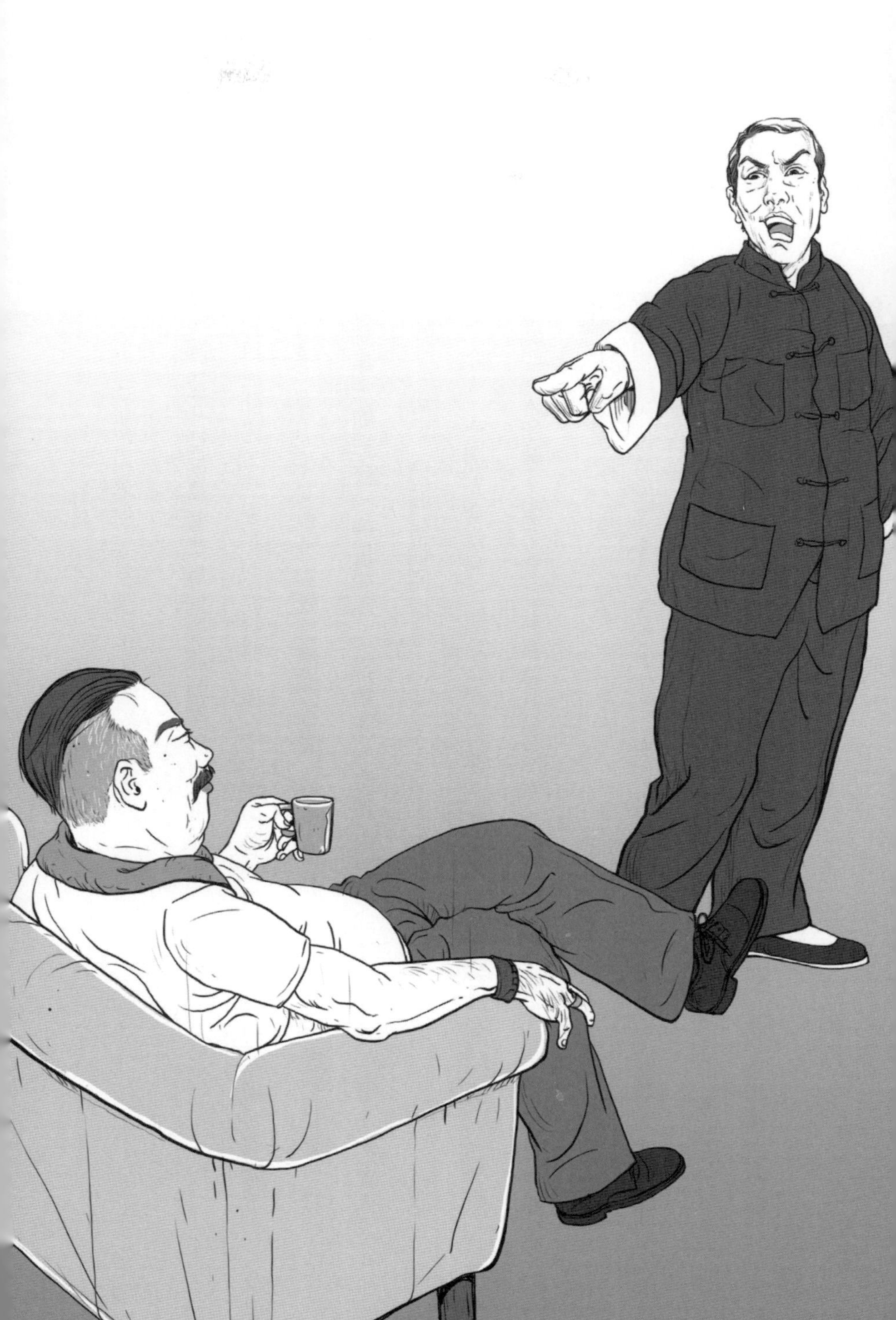

1

有傳聞指，阿Ken從前是個業餘的健體教練。

起初我以為自己聽錯，或者説的人説錯，例如，誤把箭藝教練當作健體教練。不過，就連我們的上司M，有次在閒聊時也確認傳聞屬實，就不由我不對阿Ken重新估量，只可惜阿Ken有意無意的把自己的舊照片全部銷毀，像其傳説中的V形身材一樣，永遠成為過去式，失去「物證」，傳聞無從印證。

我曾問過阿Ken，他卻支吾以對，顧左右而言他。畢竟，人總有自己的秘密，他不想提起往事，我無謂強人所難，況且我亦非諸事八卦的人，他是健體教練也好，是箭藝教練也好，我沒興趣求證。

然而，特工組織裏倒有個諸事八卦的Ada，有次談起阿Ken，她像揭發驚天大秘聞似的，言之鑿鑿地説，阿Ken昔日為情所困，弄至今天的自暴自棄。她還説，阿Ken與舊情人在健體中心相識，慢慢墮入愛河，本來有相同嗜好，共同話題，兩人感情發展穩定，幾乎到達談婚論嫁的地步。可惜，阿Ken的情人突然移情別戀，戀上一個快餐連鎖店的高層，拍拖三個月便火速「閃婚」。阿Ken還弄不清楚發生什麼一回事，情人已變作人家的太太。他深受打擊，從此一蹶不振，不再上健體中心，不再碰健體器材，不再做健體運動，反常地天天光顧情敵經營的快餐連鎖店，每次都吃雙份漢堡包、炸薯條、加大汽水，日子有功，身材變成今天的倒轉V形。

常言道：「性格決定命運。」阿Ken遭情人離棄，選擇自暴自棄、自傷自憐，是他性格懦弱的反射。

這種選擇，我絕不認同。

我是一個倔強的人，遇強愈強，永不服輸。

誰沒在情場、職場、考場遇過挫敗，遭人離棄？

阿Ken遇過，我也遇過。

無論選擇何種方式面對，地球仍如常運轉，人們總如常生活。所以，我絕不放棄自己，期望別人憐恤，相反地，我把委屈化作上進的動力，做事更加起勁，比之前更加成

功，讓自己更加優越，我相信山水有相逢，有朝一日，當再次碰面時，那個或那些離棄我的人，會為從前的錯誤決定而後悔。

世事無絕對，我沒瞧不起阿 Ken。撇除感情瓜葛，就工作而言，不同性格、能力的人，編排在同一個團隊裏分工合作，可以互補不足。例如，我生性急躁、好動，安靜下來便覺無聊，長時間監視這種不起勁的工作，交給我去幹，一定不稱職，然而，由阿 Ken 這個提不起勁的人負責，卻是度身訂做、事半功倍的好差事。

因此，我為阿 Ken 租借「大威財務」隔壁的空置單位，又為他預備豐足的糧水，讓他安坐其間，同時監視「大威財務」和威威熟食店的動靜。

結果，一如所料，阿 Ken 非常稱職，寸步不離的坐在窗前，架起 Vixen Porta 望遠鏡，監視對街樓下的威威熟食店，又戴上耳機，豎起碟型遠端竊聽器，藉着穿透力強的高頻接收，監聽「大威財務」經理室的對話，嘴巴不斷吃零食提神，眼耳口手併用，協調配合，眼觀對街，耳聽隔壁，手拿零食，咀嚼不停，效率奇高。

但是，效果不彰。

今天，威威熟食店沒有營業，古大威和林樹森在接近中午時分進駐「大威財務」，從兩人與職員的對話分析，古大威打算安插林樹森接管「大威財務」。

足足三小時，只是交代業務，他們很謹慎，職員在場談公事，內容沒半點牽涉連橫兇案，「蟑螂」二字更是絕口不提。監視工作毫無亮點，只有沉悶，阿Ken呵欠頻頻，幸虧零食充足，甜酸苦辣一應俱全，不然的話，他一定擅離職守，偷偷跑到樓下吃茶餐。

下午四時，我打電話給他查問進展，他不住抱怨工作無聊，我明白的，他有心「勒索」，我樂意就範，答應以一份美味的下午茶餐，鼓勵他繼續出賣無聊。

當問到他想吃什麼？

「夏蕙姨。」他答。

「什麼？」

就在此時，師叔來電，唯有掛線改接師叔的電話，原來古大威約師叔到「大威財務」商談要事，接近古大威是其中一個有效的調查方法，所以我請師叔依時赴約，相機行事。

結束通話後，我沒再致電阿Ken，究竟「夏蕙姨」是什麼食物，阿Ken是個人形垃圾桶，買錯了也會照吃，不會浪費食物，我沒必要浪費時間斟酌什麼是「夏蕙姨」，隨便走進一間茶餐廳，跟夥計說：「一份夏蕙姨，另加一杯凍鴛鴦，帶走。」夥計隨即寫單，交進水吧，沒絲毫遲疑。

到收銀處付款時，忍不住問一聲老闆「夏蕙姨」到底是什麼食物？

「西多士嘛。」

我登時愕然，西多士肯定不是夏蕙姨首創，論外貌，西多士橫看豎看，跟夏蕙姨沒半分相似，論內涵，花生醬塗麪包再經油炸，跟夏蕙姨有何相干？

老闆瞧得出我不明白，呷一口濃茶，清清喉頭，老氣橫秋地說道：「後生仔，不說你不知，夏蕙姨年輕時及整容前，是很漂亮的，大把男人追求，她其中一個男朋友是電影武打明星林蛟，咳咳，你一定想問，林蛟跟西多士有何牽連，來！我問你，西多士一般的吃法，在上面淋上一層糖膠，對不對？還不明白麼？淋膠和林蛟，取其諧音吖！」

哦！我恍然大悟。

一件西多士的渾名也如此曲折離奇，香港茶餐廳的術語，可謂高深莫測。

我拎着熱辣辣的「夏蕙姨」和冷冰冰的「凍鴛鴦」跑去找阿Ken。

阿Ken一見「夏蕙姨」，便食指大動，如狼似虎的，三口便把「夏蕙姨」吞進肚裏，連「林蛟」也忘了，不了解的人，還以為他剛從荒島獲救，餓了十日十夜。

「慢慢吃，小心噎到呀……」拿他沒辦法，也不管了，我戴上耳機，不知師叔來到「大威財務」沒有？

「權哥，你終於來了，讓我等到牽腸掛肚啊。」聽見古大威過分熱情迎迓的造作聲音。

時間剛好，師叔到了。

「大威，你急着找我，有什麼要緊的事？咦？你的手下幹什麼？這是什麼東西？往我身上撩來撩去……」

「圓形那枝是金屬探測器，還有反追蹤的、反竊聽的。」

「哼！你懷疑我對你不利，就別約我上來，告辭了！」

師叔借故發怒。

幸虧我沒再在師叔身上偷偷加裝追蹤器，雖然古大威所用的儀器，多半是鴨寮街貨色，但萬一其中一件效能良好，便露出馬腳，打草驚蛇了。

「權哥，請留步！請息怒！小弟抱歉萬分，請你原諒，今時不同往日，情非得已，迫不得已啊！」

「哦！我倒忘了，你現在貴為幫內高層，身分今非昔比呀！」師叔語帶諷刺。

「不敢當，言重了。權哥，請坐，且聽小弟解釋。你們都出去。」手下隨即離去。

「權哥，你看這東西。小弟責任重大呢！」

「啊！龍頭棍！大威，我聽聞你現在的角色，是暫時協助榮少爺處理幫務。如今，你把龍頭棍據為己有，野心好大啊！你想當龍頭老大嗎？」

「不，你誤會了。我擔心龍頭棍沒人看管，為免遺失，才捱義氣，暫時代為保管。」

「龍頭棍好端端的擺放在錦田別墅，有老大和榮少爺在，怎麼沒人看管？」

「我今早把榮少爺送往外國接受戒癮治療，至於老大的病況，你也清楚，他的記性時好時壞……」

「慢着，你快刀斬亂麻似的，把榮少爺送到哪裏去？」

「瑞士洛桑的療養院。」

「療養多久？何時回來？」

「雖然那療養院提供全球最好的醫生、藥物及設備，但要病人願意合作，意志堅定，下定決心戒癮才有成效，至於何時？我不是專家，沒法子準確回答，大概一年左右吧。」

「一年後，你已大權在握，榮少爺病癒回來，亦沒可能接任龍頭老大。」

「權哥，你完全誤解我了，天地良心，我從沒有此想法，自赤柱出獄後，我決心重新做人，忘記背後，努力面前，若非幫會出事，絕不會涉足江湖。」

鬼話連篇，睜着眼説謊不臉紅，無恥之極！

「夠了，入正題吧，你找我到底談什麼？」師叔也沒耐性聽他的鬼話。

「權哥，我們早入正題了。在幫裏始終有些人誤解我，所以我希望權哥能出面支持我，釋除大家的疑慮，在這個關鍵時刻，穩住軍心，上下一心，合力搞好幫務，從上正軌。」

「我過氣了，已不中用。」聽得出師叔歎氣連連，大有時不我與的意味。

「過氣？沒這回事。論輩分，你是幫內元老，跟白頭翁平起平坐。論實力和武功，你當年打遍油尖旺無敵手，江湖上無人不知，前晚你在錦田別墅大顯身手，風采依舊，讓一眾後輩大開眼界，就連韓鐵手那傢伙也輸得心服口服。我有你的支持，沒人敢説三道四。」

「我支持你接掌龍頭棍，還對得起老大嗎？」

「我這樣做，只為幫會，別無私心，況且，老大當年對不起你，你何必顧念他？」

「你這話什麼意思？老大何時、何地、何事對不起我？」

「1997 年，香港洋警司羅拔在澳門墜樓身亡。」

古大威此言一出，我大吃一驚，相信師叔亦感震驚。

「胡説，那宗案件，分明是白頭翁陷害我，你別扯到老大頭上。」

「權哥，你試想一下，當時白頭翁只不過是老大其中一個得力助手，沒老大授意，他何來膽量陷害同門？其實，算起來，白頭翁是你的恩人呢！」

「他怎會是我的恩人？」

「你不信？我告知你實情。」

「說吧！」

「當年，龍頭老大原本的計劃是要犧牲你，他指示白頭翁設計佈局，令你與羅拔醉酒打架，你錯手打死羅拔，老大再把你交出去，讓警方破案。不過，白頭翁覺得不妥，臨時改變計劃……」

「慢着，依你所說，這是幫中機密，你如何得知？」

「龍頭老大在許多年後告訴我。」

「老大患上老人癡呆症，白頭翁又昏迷不醒，誰能證實你沒說假話？」

「我敢對燈火發誓，我的話千真萬確。」

「好，我姑且相信你，繼續說下去。」

「據我所知，由你酒後神志不清說起。按原來的劇本，白頭翁違反約定，少輸一半錢給羅拔，藉此引羅拔到酒店房間交涉，白頭翁預備了混入迷幻藥的威士忌，勸你和羅拔飲下。當你們渾渾噩噩時，按龍頭老大的意思，白頭翁戴上手套拿刀割斷羅拔的頸動脈，令他失血致死，再把刀放在你手裏，嫁禍給你，讓你一人擔罪，給警方一個交代，結案了事。

「當然，此計漏洞甚多，例如，第一，案件發生在白頭翁租住的酒店房間，他難以置身事外；第二，警察若認真追查，不難查出羅拔與幫會的勾結。所以白頭翁擅作主張，臨時更改計劃。他直接把羅拔從窗門推下樓，然後拿着羅拔的房門鑰匙、半瓶威士忌、小包迷幻藥，跑到下一層羅拔的房間，打開窗門，遺下鑰匙、酒和迷幻藥，製造假象，誤導澳門警察，判定羅拔醉酒濫藥，弄至神志不清，失足墜樓。

「最後，白頭翁折返自己的房間，把你弄醒，杜撰是你把羅拔推下樓，再安排你逃返鄉下躲避，一躲就是二十年。當年，香港主權移交在即，全球的焦點集中於香港，香港警隊高層不想把事情鬧大，影響警察形象，便低調處理，草草結案，不作跟進追查。另一方面，你躲在鄉間，通訊不便，又誤信雷強和白頭翁的謊話，為免暴露行藏，不敢聯絡香港的親友，結果被蒙在鼓裏，一直以為自己是殺人兇手，繼續藏匿。」

「啪——」

傳來一下大力拍打檯面的巨響，接着是師叔的斥罵：「豈有此理！」

師叔勃然大怒。

我亦替師叔不值。

「一石二鳥，既立下大功，又把我放逐。白頭翁不愧是白頭翁，機關算盡，損人利己。」

「表面上，白頭翁不錯是立功，龍頭老大讚賞他懂得隨機應變，但暗地裏洞悉此人自把自為，難以駕馭。長遠來說，是個心腹大患，不能讓他坐大，於是物色人選，慢慢取代白頭翁的位置。」

「你就是後來的人選了？」

「是的。可惜，白頭翁先下手為強，指使白粉強設計陷害我。不過，我大人有大量，不跟他們計較。豈料，飛來橫禍，兩日之內，他們一死一重傷，算是惡有惡報。」

「作惡的人一定遭到報應。」師叔語帶相關。

「權哥，二十年不是一段短日子，今天你回來了，時機正好，我們互惠互助，我助你重振雄風，追回失落二十年的金錢和權位，你仍有時間和機會。」

「我回來，非為重出江湖，是為家人辦點事。」

「什麼事情？有用得着小弟之處，隨便吩咐。」

「如有需要，我一定找你。」

「好！權哥，晚飯時間到了，我們兩兄弟找個好地方，開瓶洋酒，吃一頓豐富的，邊吃邊談合作的事。」

「隨你安排吧。」

我與師叔早有共識，設法接近古大威，深入追查線索，現在古大威主動找師叔合作，師叔當然順水推舟。

「不見林樹森，不叫他一起去？」師叔試探地問。

「契爺他今晚有事要做，沒空呢。」

耳機收到一下清晰的關門聲，經理室接着變回寂靜。我除下耳機，低頭沉吟：「林樹森忙什麼？」

「搬運廚餘囉。」阿Ken在旁邊插口。

「哦！」我抬頭瞧着他，「什麼廚餘？」

「你自己看吧。」阿Ken指一下望遠鏡。

我走到窗前，俯身觀看，鏡頭之下，林樹森和那個鄉音濃重的女工正合力把大桶廚餘從光記茶餐廳扛出來，再搬上停在威威熟食店門外的客貨車。

「奇怪？林樹森和古大威已經奸計得逞，沒必要繼續扮好人，替街坊收集廚餘，即使要收集和搬運，林樹森現在貴為財務公司經理，這種粗重工夫，沒必要親自動手，隨便聘請一個散工也可辦得妥妥貼貼。有美酒佳餚不吃，寧願搬運廚餘到元朗去餵豬，太不合理了。」

「也許，他真心誠意喜歡元朗的豬。也許，長期餵豬，已成習慣。而且，那些廚餘不用來餵豬，難道留下餵老鼠、餵蟑螂……」

「停！」我瞪眼看着他，「你說什麼？再說一遍！」

阿 Ken 被我的氣勢嚇呆，張開口，想了想，才結結巴巴地說：「也許，他……真心誠……意喜歡……」

「跳到最後一句。」

「餵蟑螂……」

「阿 Ken，你真聰明，懷疑合理。」我有少許衝動，想上前擁抱他，最後當然沒有，只拍拍他的肚腩。

「我一向不懷疑自己的智慧，只是你們不識貨。」

「咦，他們關上車門，看似駕車離去，走，我們跟蹤他們。」

「你叫秀雯督察陪你跟蹤吧。」

「現階段只是懷疑，沒有真憑確據，萬一他們真的去餵豬，我喚秀雯督察山長水遠跑進元朗看人餵豬，過意不去呢！」

「那麼你自己跟蹤吧。」他滿臉懶洋洋的，「我有任務在身，不能擅離職守。」

「唏！古大威外出吃飯，林樹森開車去餵豬，大威財務和威威熟食店都沒有人，你留在這裏監視老鼠、監視蟑螂嗎？」我扯住他的衣領，「快走，待會到達元朗，若沒發現，我請你去吃涼粉。」

「涼粉？」阿 Ken 兩眼發亮，「Go——Go——Go——」

2

跟蹤是一門學問。

跟車太貼，容易被林樹森發現；距離太遠，又容易跟丟，特別在交通繁忙的市區街道，那些職業司機爭分奪秒，前面的路面稍有空間，的士、小巴或客貨車，總有一輛插進去，多插幾輛，阻礙視線，稍不留神，林樹森的車子轉入橫街也不察覺。

另外，不僅車多，交通燈也多，燈號轉換頻密，加速稍慢，林樹森的車子隨時衝過路口，我卻被迫在紅燈前煞車。雖然是有難度，但難不到我，我的駕駛技術、跟蹤技巧都是一流，從旺角開始，不急不徐的跟在林樹森的客貨車後面，直到元朗。

你若以為離開人多車多的市區，跟蹤的難度便會降低，那你就錯了。

在郊區，車流相對疏落，路上缺乏其他車輛作「掩護」，林樹森只要多留意倒後鏡，不難察覺同一輛 BMW 持續跟在後面，尤其當他駛入元朗市鎮外圍的公庵路，大直路一條，四周又靜又黑，兩旁多是荒棄耕地、廢車場、露天貨倉、建築地盤、破落農舍，放眼前後，整段車路，就只有他的客貨車和我的 BMW，他不起疑才怪呢！儘管我已減慢車速，盡量拉遠距離，仍引起他的疑心，終於客貨車尾的煞車燈紅紅亮起，在漆黑的夜裏，分外耀目。

他突然減速，把車駛上路肩，完全停下。

他在試探我。

我唯有硬着頭皮，繼續開行，扮作過路的，從客貨車旁駛過，沒瞧對方一眼，保持均速前進，不管前面是什麼地方。

「公庵路盡頭是一個迴旋處。」旁邊的阿 Ken 拿手機開啟 Google Map。

「他仍停在路肩上。」我瞥一眼倒望鏡，「沒其他辦法，我們唯有在迴旋處繞一個圈回去，當作是來自市區的迷路司機，且看林樹森是否一直把車停在路肩？」

說着，迴旋處在望。

迴旋處的外彎，停了一輛客貨車、兩輛七人車，都沒亮燈，看似車內沒人，大概是非法泊車，此地偏離元朗市中心，交通警察不常過來巡邏和「抄牌」。元朗市內車位嚴重缺乏，苦了車主，座駕愈泊愈遠。新市鎮發展，欠缺周詳規劃，配套不足，政府責無旁貸。

我扭動方向盤，右轉駛進迴旋處，待要拐彎回程之際，冷不提防，那三輛「非法泊車」同時發動引擎。

「中伏！」我連忙加速，希望突圍而去。

可是，對方更快，三輛車從前、右、後三個方向衝過來，把BMW包圍，夾在中間。為免撞車，我被迫停車。對方的三道車門同時打開，跳下一羣大漢，他們手執水喉鐵、西瓜刀、牛肉刀等「開片」必備武器。

「來得正好，我很久沒練拳了。」遇敵必退的阿Ken今晚一反常態，磨拳擦掌，預備迎敵。

「我打發前面的八、九個，你對付後面的八、九個。」

「讓我先找手槍。」阿 Ken 拉開前座儲物格。

「練拳何需用槍？」

「找到了。這把槍的火力也許過猛。」他取出大口徑的 S&W M500 手槍。這把槍發射一彈，可擊斃一頭大象。

「傻的嗎？」我按住他，「對付黑幫刀手，不必動用大殺傷力武器吧？」

「放心，我用來嚇跑他們，以非武力和平方法解決爭鬥。」阿 Ken 携槍推門下車。

或許光線不足，那些刀手以為阿 Ken 拿着一柄大士巴拿，士巴拿無論如何巨大，殺傷力總不及西瓜刀，所以沒人懼怕阿 Ken，也沒人跟他採用非武力和平方法，迎面便是一刀，直砍阿 Ken 頭臉。

「媽呀！」阿 Ken 嚇得縮回車廂內。

「刷——」我的 BMW 前座車門中了一刀。

重新噴漆，價錢不菲呢！

「哎喲！」我心痛肉赤。

「乒——嘭——」有人用水喉鐵敲碎後座車窗。

「可惡！」我無名火起三千丈，反手奪去阿 Ken 的 M500 手槍，跳出車廂教訓他們。前足才着地，右邊白光閃閃，一柄牛肉刀斜劈而來，我一低頭，貼地右滾，避過一刀，滾到那刀手腳前，左足纏絆，右足橫掃，一式掃蹚腿法，把那刀手掃跌。待要躍起，耳後風響，只知敵人來襲，不知敵人的方位和來勢，我不敢怠慢，抓住那倒地刀手的衣襟，把他從地上揪起，使勁往背後甩去，更反踢他的屁股一腳，加速其去勢，讓他與偷襲者「火星撞地球」。

另一邊廂，一人拉開 BMW 副駕駛座的車門，舉刀要斬殺車內的阿 Ken。我無辜又無奈，大喝一聲，騰地而起，心痛欲絕地踩上愛車的車頭蓋，再躍到車頂，由上而下的，給那人狠狠一腳，再舉槍朝天發射——

「轟——」

M500 火力強勁，槍響之巨，彷彿山鳴谷應，響徹雲霄，甚或在元朗市吃豬油撈飯的食客也聽見。

我的耳朵嗡嗡作響，阿Ken這傢伙打算拿這槍到非洲狩獵麼？

一眾刀手登時目定口呆。

「丟低武器！」我喝道。

「別怕他，他只得一把手槍。」其中一人叫囂，「我們總共十八人，一齊湧過去，他一下子不能殺光我們，即使中槍，十八年後又一條好漢……」

「那你先做好漢吧。」我擎槍對準那人的正額。

「鐺——」那人立即棄刀投降，怕得雙腿發抖。

「他有一把槍，我有兩把。一加二等於三。」阿Ken施施然下車，兩手各持一枝點38，「足夠射殺你們有餘。你們有人更可多中一彈。」

「噹……砰……」眾人紛紛棄械。

「你們走到這邊，統統跪低，把雙手擺在頭上，不要妄想反抗或逃跑，你絕對快不過子彈。」阿Ken繼續耀武揚威。

「你們誰人帶隊？」我喝問。

幾個人偷偷瞧着一個左腕裏纏綳帶的漢子。

「你過來。」我從車頂躍下，用槍管抵住那人的頭，「你叫什麼名字？」

「志明。」

「誰指使你們在這裏伏擊我們？」

「十五分鐘前，大威哥給我電話，告知你們的車牌號碼，吩咐我們在這裏等候你們。」

原來至少十五分鐘前林樹森已察覺被我們跟蹤。

「說謊！你們不可能來得這麼快。」

「是真的。大威哥今早從油尖旺抽調我們到元朗候命，我們在元朗市中心一收到電話立刻出發。」

「拿手機出來，開啟揚聲器，覆電話給古大威，說已幹掉我們。」

「是。」志明乖乖拿出手機，致電古大威，「喂，大威哥，我是志明，辦妥了，已把車上兩人幹掉。」

「林爺說聽見槍聲。」

「他們其中一人有槍。」

「大家沒受傷吧？」

「都沒受傷。」

「附近可能另有人聽見槍聲，並已報警。你把屍體運送給林爺，讓他帶去豬場加料。其餘的人，火速撤退。」

「是。」志明掛線。

我朝阿Ken打個眼色，隨即撲向左，他往右移，動作俐落，各自用槍柄逐一擊昏那些刀手，除了志明。

3

志明開車。

我與阿 Ken 縮在客貨車的駕駛座後面，拉上後座窗簾。我用槍管抵住志明的左腰，阿 Ken 打電話給秀雯督察，請她派一輛「豬籠車」前往迴旋處，低調地拘捕那十七名刀手，光是非法藏有攻擊性武器一項，已足夠罪證扣押和起訴他們。

「豬場在什麼位置？裏面究竟有什麼古怪？」我盤問志明。

「我真的毫不知情啊！」志明苦惱地回答，「自出道以來，我一直在油尖旺打滾，今早才是首次踏足元朗。大威哥在元朗開豬場，之前我從沒聽人提過。」

鑑貌辨色，他不似說謊，我相信他不知情，古大威亦不會隨便向手下透露秘密。

說到底，那豬場非常可疑。

古大威的盤據地在旺角，元朗不是他的地頭，他一掌實權後，立刻抽調黑幫下屬到元朗，而且屯駐重兵，一派便是十八個刀手，個個斬人不眨眼，換上普通執法人員，說不定已遭他們砍倒。可見那豬場極其重要，裏面飼養了什麼？答案呼之欲出，現在只欠實質證據。

前面，林樹森的客貨車仍停在路肩上。

我用槍管插一下志明，道：「待會小心說話，注意表情，你若企圖通風報訊，我一槍斃了你。」

「我不敢耍把戲……」志明慢慢把車駛近林樹森的客貨車，至兩車的駕駛座相對，才把車停定，放下車窗。在槍管下，他不敢使詐，但林樹森是個江湖老騙子，難保他瞧不出來，要騙他帶我們前往豬場，殊不容易。

「你是志明吧？」說話的是林樹森，他的聲音沙啞低沉。

「是。」

「我是林爺。她是娥姐。」

「林爺好。娥姐好。」

「鹹魚在車尾？」

「沒錯。」

「你拐彎跟在我後面，直至我停車，明白嗎？」

「明白。」志明關上車窗，把車駛開，再拐彎，一邊駕車，一邊喃喃罵道：「小鬼升城隍。」

「喂，你罵我們嗎？」阿Ken明知故問。

「不敢不敢。這勿誤會。我罵那雙男女。我認得他們，他們本來在旺角的熟食店打工，日日開檔賣肉骨茶、糯米飯、煎釀三寶。那個女的，兼送外賣，滿口鄉音，笨手笨腳……」

車子開上凹凸不平的路段，車身上下顛簸。我和阿Ken都沒坐在軟座上，屁股給震得隱隱作痛。我瞧瞧窗外，四周漆黑一片，一柱街燈也沒有。

志明氣上心頭，滿肚委屈，罵不停口：「前天上午她送來一盒煎釀三寶，醬汁一陣異味，污糟邋遢，強哥不吃，我們也不想吃。現在，卻要我稱他們林爺、娥姐，呸！強哥死了，白頭軍師傷了，古大威掌政，呼朋引類，我們這些舊人反遭流放新界……」

「且慢，你說那女工送煎釀三寶到財務公司，是不是白粉強遇害當天？」

「對呀，就是那日。咦？那傢伙停車了。」志明減速。

「到達豬場了？」阿Ken問。

「前面是一列類似農場的破舊房舍，裏面有沒有養豬？難說了。」志明把車停定，「兩位，接着下來，那姓林的要過來搬『鹹魚』了，我要怎樣應對？」

「總之你閉嘴、別動。」我道。

「阿娥，你去找架手推車。車內有兩條『大鹹魚』，挺重呢！」聽見林樹森在外面叫嚷，「今晚有鮮肉吃，大夥兒餓了一整天，一定很高興。」

吃鮮肉？我盯着阿Ken的肥肚，他盯着我的大腿，他與我面面相覷，各自心底發毛。

「林……爺，你打算……幹什麼？誰餓了……一整天？要吃鮮……肉……」志明更是駭然。

我探頭再看擋風玻璃外面，在車頭燈下，前面黑壓壓的築了一列低矮的農舍，裏面烏燈黑火，農舍旁邊有一道泥濘多於流水的小溪，四周疏落的種着一些高瘦的垂絲楊柳，在晚風之中，柳絲左搖右擺，令我聯想到《聊齋》裏披頭散髮的女鬼，加上林樹森以沙啞低沉的聲線説，農舍內有些什麼東西要吃鮮肉，弄得環境陰森恐怖，教人不寒而慄。

「啪——啪——」突然有人拍打客貨車的門。

「啊——」志明又是一驚。

「喂，打開尾門！」原來林樹森走到車尾。

「那……我開門啦……」志明回頭瞧着我。

「別囉唆，開門就是。」林樹森催促。

我大力點頭。

「卡——」志明別無選擇，只得按鍵打開門鎖。尾門徐徐升高，林樹森站在門外，表情一下子由漫不經心變成萬分詫異，因車廂內沒「鹹魚」，卻有兩個持槍的活人，其中一個英明神武、又俊又酷。他隨即後退，大叫：「阿娥，快跑！有警察！」

我與阿 Ken 第一時間跨過後排座椅，追出客貨車。阿 Ken 右轉跑往車頭，嚷道：「我去追女的，你拘捕男的。」

取易捨難，這傢伙真懂選擇工作，不過，對付林樹森，毫無難度可言。我一個起落，輕描淡寫的躍到他身前，他見我身手不凡，且有槍在手，識趣的不敢反抗，束手就擒，免受皮肉之苦、拳腳之痛。我銬起他，再押他回到客貨車旁邊，命令志明下車，與林樹森一同蹲在車前，等候阿 Ken 把娥姐從農舍裏押來，可是等呀等的，仍不見人，農舍亦沒動靜，正感奇怪，手機在褲袋裏震動，以為是阿 Ken 來電，卻是師叔。

「喂，師叔，你猜我在哪處？我在元朗一處荒廢的農場外面，剛拘捕林樹森……」

「阿 Wing，你先聽我說，別管林樹森，我覺得他不是最大的威脅。」

「誰是威脅？」

「那個說話帶濃重鄉音的熟食店女工。」

「娥姐？」

「我不知她姓甚名誰。」

「她是威脅？何以見得？」

「是這樣的。半小時前，我與古大威吃完晚飯，韓鐵手來找我，他說，幫會裏愈來愈多人看不過眼古大威的專橫跋扈，例如送走榮少爺、強取龍頭棍。韓鐵手想我出面，帶頭罷免古大威。說着說着，談起昨天白頭翁墮樓前，他們與那女工在商業大廈的大堂相遇，一同乘搭升降機，當時那女工拿着一盒味道古怪的煎釀三寶，不知是有心抑或無意，她把煎釀三寶的醬汁，弄污了白頭翁的衣角。我記得白粉強遇害前，經理室的垃圾桶裏也有一盒煎釀三寶……」

「不好了！等一等！」我想起志明說娥姐送了一份有異味的煎釀三寶給白粉強，慌忙放下手機，氣運丹田，對着農舍厲聲呼喊：「阿 Ken，危險呀！撤退，撤退！」

「嘿嘿……」林樹森陰惻惻地笑，「太遲了……」

「你說什麼？」旁邊的志明出奇地問。

「現在才撤退，太遲了。」

「阿 Ken！快逃——」我心焦如焚。

「救命呀……」農舍內隱約傳出阿 Ken 的呼救聲。

「懂得喊救命，還沒斷氣，肉質依然新鮮，嘿嘿……」

「變態佬，你說什麼呀？阿 Sir，我可以離開嗎？我用人格擔保，不會逃跑，我會去警署投案，請你批准我離開這鬼地方。」

「別吵！你們都給我閉嘴！」

「救命呀！阿 Wing，救命呀……」黑暗中，阿 Ken 驚惶失措地從農舍逃出，忙亂之間，不知絆着什麼，摔了一跤，但他不像平日的沒精打采，急急從地上爬起，沒命地逃過來。

「有什麼追你？」我睜大雙眼觀察，可是在他身後什麼也沒看見。

「快上車，逃命啊——」阿 Ken 又摔一跤。

志明大驚，即站起登車。

「別動！」我一掌按住他，「鎮定！不要自亂陣腳。」

「哈哈……太遲了，現在上車已太遲了，且看四周，牠們來啦，哈哈……」林樹森仰天狂笑。

「蓬——」我一腳把他踢翻，不讓他繼續危言聳聽。

四周傳來，風吹楊柳擺，柳擺枝葉落，落葉「嗟嗟」有聲，然而，這「嗟嗟」之聲不似葉落。

張愛玲把葉落的聲音形容為蝴蝶從高空跌落、像醞釀中的陰謀詭計。

眼前的「葉落」固然不是蝴蝶跌落，卻蘊含陰謀詭計的意味。不是蝴蝶，那又是什麼東西？

「蟑螂呀！」阿Ken終於逃到車前，在他慌張的臉上，除了跌得額青唇腫外，半張臉沾滿白色粉末，散發陣陣怪臭。

「什麼一回事？又腥又臭的，你掉落糞池麼？」

「那臭婆娘忽然用臭粉撒我，又驅趕蟑螂咬我……」

這時，農場的燈光「霎」的亮起，內外燈火通明。再看清楚，從樹上丟落的是一隻隻大蟑螂，四周的楊柳樹上竟爬滿蟑螂。

地上的蟑螂迅速逼近，一如鄧輝所形容：頭尖體圓，黑褐色的甲殼上長着暗橙色的斑紋，體長逾六吋，有一雙鐮刀狀的前肢。

如今親眼看見，數量沒一千也有幾百，把我們團團圍住，頓覺膽戰心寒。

志明縮在我身後，嚇得臉無人色。

然而，蟑螂羣到達距我們十碼左右，便停止前進。

林樹森緩緩從地上爬起，我有點頭緒，一把揪起他，用槍指着他的頭，把他推到客貨車前，如同賭博，把性命押注，喝道：「娥姐，你放馬過來吧，我先射死他，同歸於盡。」

「你快放開我的老公。」娥姐走出農舍，挽着一個超市膠袋，像主婦購物回家一般。

我猜對一半，林樹森在我手上，她投鼠忌器，不敢進攻，卻想不到兩人是夫妻關係。

「蠢婆！儘管殺過來吧，統統把他們咬死，我沒事的。」林樹森有恃無恐。

他有什麼在手，可以有恃無恐呢？

「我是大威哥的手下，是自己人，娥姐請你放過我。」

「你發現古大威這支秘密軍團，還指望有命離開嗎？」阿 Ken 看透陰謀詭計。

「我絕對保密，我是大威哥的親信，你要相信我。」

「死人才稱得上絕對保密。」阿Ken搖頭。

「別浪費時間，殺過來呀！」林樹森破口大罵，「他來不及開槍，已給蟑螂咬死……」

「啪——」我揮拳把他擊倒腳前，不給他機會說服娥姐。

「娥姐，我一動指頭，他就腦袋開花，蟑螂的動作再快，也快不過我的子彈。我死，他也要死。」

「你先放開他，我放你們走。」娥姐生硬地說，她說謊不懂掩飾。

「好，一言為定。你不要反口。」我假意答允放人，低頭細聲吩咐阿Ken，「仔細搜查林樹森，我懷疑他身上藏着特別的東西，可剋制蟑螂。」

「你幹什麼？搜什麼？」林樹森在地上掙扎。

生死攸關，志明也不分陣營，幫忙壓住林樹森，讓阿Ken搜身。

「找到了！」阿Ken從林樹森的衣袋裏找出一個錦囊，解開繩結，裏面裝滿綠色藥粉，芳香撲鼻，「不知有沒有效？」

「一試便知。」我用指頭沾起少許藥粉，彈向爬在最前端蠢蠢欲動的蟑螂。

果然湊效，藥粉彈至，蟑螂紛紛躲開。

「有效呢！來，我們各人塗一些在臉上。我的臉較闊，又中了那婆娘的臭粉，要多塗一些。」

「還等什麼？阿娥，動手啊！」

「森哥……我怕他開槍，也怕……蟑螂咬你……」

「你們三個蠢材，那些藥粉只夠一人分量，分薄了，分量不足，我們真的同歸於盡呀！哈哈……」林樹森怔怔地瞧着站在大羣蟑螂後面的娥姐，「這些人，一個都不能放生，阿娥，殺過來吧！」他突然使出蠻力撞開志明，連滾帶爬的衝向蟑螂羣。

阿 Ken 還來得及反應，飛身擒抱，把他撲倒在地，兩人在泥地裏打滾纏鬥。

最接近他們的蟑螂羣起騷動，或許阿 Ken 身體太臭，或許藥粉太少，又或許牠們實在太餓，總之，蟑螂不受控制，有幾隻開始爬過去。

倘若讓牠們爬到阿 Ken 身上，他必死無疑，要立即想辦法，我不期然左右掃視，急於尋找用得着的東西。當林樹森的客貨車進入我的視野，猛然想起車上的廚餘，旋即跳進車廂。身後的阿Ken和林樹森高聲慘叫，他們已遭蟑螂攻擊，血腥氣味將挑起其他蟑螂的殺意食慾，一發不可收拾，救人如救火，我不敢耽延，抱起一桶廚餘，從側門拋落阿Ken和林樹森身前。「嘩啦」一聲，廚餘傾倒四濺，飢餓的蟑螂發瘋似地湧過去，盡情吞吃廚餘。

阿Ken和林樹森即時脫險，阿Ken跳起身，把身上的蟑螂拍落，用腳踩扁，百忙中回身踹踢仍躺在地上的林樹森一腳，罵道：「害人害物！」

「喂！志明，想要命的話，就上來幫忙！你負責左面！」

「來了！」志明急急登上客貨車，把一桶廚餘從尾門搬下客貨車，傾向左側。我則雙掌齊發，把另兩桶廚餘打落右側和後方。

總算用「食物」暫時分散蟑螂的注意。不過，廚餘倒光，也很快吃光，只能阻擋牠們一段短時間。

「牠們吃光廚餘，便來吃我們，現在，趁牠們只顧吃廚餘，我們快逃。」志明攀進駕駛座，「好的，車匙仍在。」

「不，後面太多蟑螂，你還沒駛出公庵路，牠們已從車底的空隙鑽入車廂攻擊你。」

「反正是死，與其在此等死，不妨搏一搏。」志明啟動引擎，「我開足馬力，衝出去輾碎那些怪物。」

「不——」

「隆——」他大力踏下油門。

我阻止不了，但不想隨他送死，唯有在他轉換車檔前，跳離客貨車。剛着地，志明已駕着林樹森的客貨車，全速衝向公庵路，車輪過處，「咧嘞」之聲大作，一如他所料，輾碎不少蟑螂，可是，也給我不幸言中，他惹怒更多蟑螂，客貨車跑了三十碼，開始失控，左拐右側，他已在車內遇襲，最後偏離泥路，撞倒一株楊柳樹，客貨車翻側冒煙。

周遭的蟑螂如潮水般瘋狂湧向客貨車，瞬間把客貨車堆成一座蟑螂山，車內的志明凶多吉少。

「上車頂，快！」我飛身躍上志明的客貨車頂，再俯身把阿 Ken 和林樹森拉上來。

大部分蟑螂在地上爬，少量在空中飛，我擋在阿 Ken 和林樹森前面，脫掉上衣作武器，把飛近的蟑螂打跌。

「幸好及時攀上來，你看你作的孽。」阿 Ken 按低林樹森的頭，迫他向下望，「不是我們救你，你已被蟑螂淹沒，成為牠們口中的鮮肉，你以為可以控制牠們嗎？你以為牠們認得你是主人嗎？荒謬！」

腳下有些蟑螂開始沿輪胎爬上我們所立足的客貨車，這輛客貨車像洪水中的救命孤島，現在「洪水」向上攀升，十至二十秒鐘之後，我們再沒立足之處，簡直是場噩夢。

「阿 Wing，蟑螂殺到了，我們已火燒眼眉了，快想辦法。」阿 Ken 也察覺情勢凶險。

火燒眼眉？對！就用火攻吧，根據鄧輝的口供和司徒教授的分析，這種來自峇里島火山區的蟑螂，其甲殼是易燃之物，可用火攻。我回望那翻側的客貨車，車底剛對正我們，便把火力強勁的 M500 手槍還給阿 Ken，道：「射油缸！」

阿 Ken 會意，單膝跪在車頂上，雙手握槍瞄準那客貨車。

「不要啊！」林樹森死不悔改。

「呼——」

「呼——」

客貨車連中兩彈，但沒爆炸，阿 Ken 射不中油缸，厚厚的蟑螂羣堆疊車身，遮掩油缸，他只能估計油缸的位置。

「阿娥！他們要射爆客貨車，你還等什麼呀？殺呀！」

農舍前，娥姐尖聲怪叫，叫聲淒厲，她大把大把的從超市膠袋裏抓出白色粉末，撒向我們。距離雖遠，她不能直接把粉末撒至，但粉末輕細如塵埃，頃刻隨風飄至，一時臭氣驟增。同時，起飛的蟑螂也大增，牠們集結靠攏，展翅盤旋飛升，形成一個不斷擴大的、漏斗狀的「蟑螂龍捲風柱」，從正面襲來。

「阿 Ken，繼續開火，一定要射中，我們就快沒命啦！」

「這槍一定命中。」

「不——」林樹森發狠撞向阿 Ken，把他撞離車頂。

林樹森偏執成狂、情緒不穩，我早有提防，已感覺他會發難，即轉身打出一式「野馬分鬃」，後發先至，右手向外甩出，用外衣捲住阿 Ken 的右腳，把他扯回車頂，左掌同時向後橫拍，借力打力，把林樹森推向車頭，擋住正面飛來的蟑螂。這是他自招的。

「呯——呯——呯——」阿 Ken 人在空中，仍不放棄開火。

「呀——」林樹森被不分敵我的蟑螂噬咬，痛苦慘叫，更站立不穩，從車頂摔下，摔落大羣蟑螂之中。

「轟——隆——」

客貨車猛烈爆炸。阿 Ken 終於射中油缸。烈焰和濃煙沖天，爆炸夾着煙火向四面八方衝擊。蟑螂遇火即焚，燒着的蟑螂向外彈飛，像一枚枚小火球，丟到泥地上，丟到楊柳樹上、草叢裏、「龍捲風」裏，波及其他蟑螂，火勢迅速蔓延，到處火光熊熊，焦臭一片。

火燒蟑螂兵團，片甲不留。

我與阿 Ken 伏在車頂，忍受震耳欲聾的爆炸巨響，以及由爆炸產生的高溫氣流，忍受殘餘的蟑螂噬咬，只盼噩夢很快過去。

4

「我來元朗一心想吃宵夜，想不到幾乎成為牠們的宵夜。」阿Ken渾身傷瘀，欲哭無淚。

爆炸沉寂下來，高溫氣流來得快，消散也快，不過，周遭依然熱烘烘的，大小火頭處處，雜物燃燒，殃及農舍，右側的屋頂冒煙起火。

剩餘的蟑螂大軍開始後撤，噩夢還沒過去。

牠們並非全軍覆沒，後撤可能是集結兵力，再度進攻，也可能保留實力，他日復仇，總之今晚要解決牠們和牠們的主人，否則無患無窮，永無寧日。

「開槍射她，不能讓她引領蟑螂躲回農舍之內。」我指着農舍門前的娥姐。她一面撒灑粉末，一面退入沒起火的農舍左側。蟑螂羣一路跟隨她，牠們的數量之多，仍舊令人心寒。

「M500 的子彈射光了。」

「你還有兩枝點 38 的。」

「較早前在農舍裏遺失了。現在怎辦？」

「追！」我跳下客貨車。

「赤手空拳？」

「撿武器。」我撿拾枯枝和乾木，撕下一隻衣袖，把樹枝木片綑在一起，三扒兩撥便紮成兩根火把，遞到附近的火頭燃點，燒旺了，抛一根給阿 Ken，轉身追進左側農舍。

農舍日久失修，污穢霉臭，牆身大範圍的石屎脱落，屋頂釘釘補補，仍見破洞，通道兩旁全是鐵枝圍欄，把水泥地闢成大大小小的畜養圈，鐵枝盡已鏽蝕，明顯地，這處只適合養豬，不適合養蟑螂，因圍欄太闊，不能分隔蟑螂，而且從破爛程度估計，豬圈的飼養活動至少是十年前的事。

我與阿 Ken 分開一左一右的小心前進，每當走到昏暗處，不管高低、大小，總拿火

把照一下、燒一下，以免中伏。

娥姐引領大羣蟑螂退得真快，轉眼間，附近一隻蟑螂也不見。

我們一路追蹤，越過豬圈，到達一扇破舊的木門前面，地板亦由水泥地轉為木板地。部分木地板鬆脫，踩上去嘎啦嘎啦的，我們不得不放輕腳步，倘若踩斷木板，不知後果如何？

木門後面沒燈光透出，要追進去嗎？當然追吧！我毫不猶豫，推阿 Ken 上前，道：「我替你殿後。」

「門太窄了，我太胖，進出都不方便。」阿 Ken 堅守我身後，故意用肚腩撞我上前，以示自己肥胖。

拿他沒法，他的確太胖，我輕輕踢開那道隨時倒塌的木門。內裏沒燈沒窗，黑得伸手不見五指，我將火把伸進去，火光所及之處，全是木板搭建的空間，感覺空間很大，火光不及之處不知有多寬闊？

「留神啊……」阿 Ken 在後面繼續用肚腩迫撞我，「那臭婆娘剛才躲在黑暗角落，忽然撲出，向我撒粉。」

「別撞，別吵！」我慢慢走過門框底下，拿火把向上撩燒，也沒蟑螂埋伏，因而放心一點，踏前一步，腳下的木板發出「伊嘎」的聲音，稍稍加力向下踹踏，只覺木板之下並非實地，似是地窖，木板層像是上蓋。再進一步，只覺腳下木板向下彎墜的弧度增大，我不敢大意，馬上停步。

第一，木板的負重力成疑，第二，木板以下的地窖深淺不知，第三，前面黑暗之中有沒有埋伏，實在不容我不三思。

「退後！」我反掌拍打阿 Ken 的肚腩。

阿 Ken 還沒後退，前面人影晃動，飄來一股腥臭，娥姐已從黑暗裏竄出，迎面朝我撒來一大把粉末。阿 Ken 在後面阻塞退路，我退無可退，左右兩側的地板不知厚薄，而且不管左閃或右避，身後的阿 Ken 肯定中招，我孤注一擲，右足運勁，猛力向下一蹬——

「喀嘞——」木板應聲斷開。

後半截丟落地窖，前半截向前彈飛，剛巧擋住飛來的粉末，斷板連帶粉末撞回娥姐身上。

娥姐被木板擊中，向後跌倒，重重的砸穿大幅地板，與跟在她身後的大羣蟑螂一同嘩啦的丟落地窖。

同一時間，我踏毀地板，腳下一空，也往下墜。我慌忙棄掉火把，雙手攀抓身後的阿Ken。阿Ken也急急扔掉火把，左手握牢門框，右手緊緊的抓着我，我懸在半空，下面是個又闊又深的水泥地窖，層層疊疊的爬滿數不清的蟑螂，萬頭鑽動，腥臭難當。

我們的火把丟落這批「易燃物品」之中，旋即引發大火，一時火舌亂舞，地窖頓成一片火海。娥姐迅即被火海吞噬，而有些未遭波及的蟑螂，或飛或爬，向上逃生，但牠們的甲殼和翅膀實在太「惹火」，爬到牆身一半或飛離火場不足三呎，即被跳躍伸縮的火舌捲倒，一隻不剩。

「你還看？快攀……上來，我沒……氣力了……」阿Ken漲紅着臉，額角青筋暴現。

「來啦。你挺着。」我的腰一擺，足尖往牆壁一點，借力彈騰，一按阿Ken的肩膀，縱身飛越他的頭頂，躍回豬圈之內。

「吁——」阿Ken大大鬆一口氣，像個洩氣的救生圈，軟癱在地。

此時，農舍外面，警笛鳴響，藍紅閃燈轉動。

警察到了。

「走吧。」我扶起阿Ken，離開豬圈。

火勢增大，由農舍右側蔓延至左側，消防車亦到場，消防員忙着接駁水喉滅火。

「阿Wing、阿Ken，你們都平安，太好了！」秀雯督察出現警車前面，「據報爆炸非常猛烈，你們傷得重嗎？」

「皮外傷，沒事。」

「不，我們被蟑螂咬傷，傷勢可大可小，不知有沒有遭到病毒感染，快送我們到醫院治療。」阿Ken大為緊張，「我不想落得鄧輝的下場，慘遭截肢。」

「沒截肢那麼嚴重，只缺了一隻腳趾……」

「半隻腳趾也不能缺，身體髮膚受之父母，不能毀傷。」

「少囉嗦，快上救護車。」我向救護員招手，「師兄，請把這個胖子送院檢查。」

「你不去醫院嗎？」秀雯督察問。

「我要去旺角，把案件了結。」

5

旺角——

「大威財務」經理室內，傳出焦躁不安的斥責：「志明，你死了嗎？不接聽電話，又不打電話向我報告，林爺仍跟你在一起嗎？聽到留言，馬上覆電話！」

「啪——」物件沉重的砸在桌面，大概是手機吧，真粗魯，電話給砸壞了，志明倘若覆電，也沒法接通，不過，志明不會覆電的，他不幸言中，志明死了。

我推開房門，讓師叔首先步入經理室。

「你們？」古大威大為錯愕，「外面的玻璃大門已經上鎖，你們怎進來的？」

「弄開普通門鎖，不費吹灰之力。」

「權哥，你的師侄可不簡單呢！」

「他，一個普通男生，構造並不複雜。」師叔拉開辦公桌前的椅子，坐在古大威對面。

「他不像警察，至少作風不像，如果沒有手令，警察不會擅闖私人地方。」

「警務處聘請不起我。」我站在師叔背後，「古大威，你很忙啊，忙着打電話給林樹森、志明嗎？」

「哼！跟蹤契爺的，原來是你們。」古大威的臉像罩上一層霜，平日的笑容可掬，全然不見。

「一半正確，師叔沒份。」我把一個裝着蟑螂屍體的證物袋放在辦公桌上，推近古大威，讓他看清楚，「你在元朗的秘密大軍，已沒有了，一把火，全部燒光。我撿了這隻，打算送給一位教授做標本。」

「他們呢？」

「都成為蟑螂大軍的最後晚餐。」

「啪——」古大威怒拍桌面。

我怕他拍毀蟑螂標本，趕忙取回，放進口袋裏。

「權哥，你退隱二十年，突然回港，原來是要跟我作對，我跟你並無舊恨宿怨，為什麼要壞我大事？」

「我的繼女遇人不淑，橫死香港。我回來，是替她討回公道。」

「你的女兒遭逢不測，我深表同情，但愛莫能助。你辦你的喪事，我幹我的大事，彼此河水不犯井水。」

「她叫小莉。」

「小莉……這名字好像聽過……」

「她的男人叫鄧輝。」師叔突然趨前，出手如電，一把揪住古大威的衣領，把他扯離座椅，「鄧輝這名字，你倒聽過吧。」

「哎！」古大威蹙額頓首，「陰差陽錯……」

「你沒法抵賴了！」師叔反掌一震，把古大威連人帶椅一同打翻地上。

古大威搓揉心口，吐了一口血，緩緩爬起，歎着氣道：「權哥，我只能這樣說，冤有頭，債有主，罪魁禍首是鄧輝的老婆和陸志仁律師，而這對姦夫淫婦已一併在西貢死掉，小莉的冤仇當場昭雪，總算還她一個公道。」

「你可以置身事外嗎？」我瞪着他。

「即使我當日不答應陸律師，他和鄧輝的老婆亦會另聘殺手，換句話說，小莉終究難逃一死，而我答應陸律師，實乃走投無路，迫於無奈。」

「你們跟小莉有什麼深仇大恨？一定要把她置之死地？」

「權哥，當日我若知道小莉是你的女兒，我發誓，死也不答應陸律師。你該明白，我跟小莉無仇無恨，沒理由存心害她。至於她跟陸律師的瓜葛，我可以如實相告。」

「快說，一五一十告訴我，我的小莉不能死得不明不白。」

「是。」古大威搬起椅子，重新坐定，開始憶述前事：「一年多前，我躊躇滿志，準備接任幫會軍師一職，到時一人之下，萬人之上，翻手為雲，覆手為雨。正當我滿肚密圈，要幹一番事業，做夢也不曾想到，竟遭白粉強陷害，只怪我太驕傲，也太大意，一心只提防白頭翁，瞧不起白粉強，才中了他的圈套，胡裏胡塗的變成襲警疑犯。替我辯護的陸志仁律師認為證據充分，難以翻案，勸我認罪，向法官表示悔意，陸律師便以酒後糊塗，誤傷警察為由，向法官求情減刑。結果判監十四個月。

「十四個月雖不算長，但已足夠時間讓白粉強逐步清除我在幫內的影響力。我在監牢裏聽聞他接管我用心血創立的『大威財務』，他本想立即把公司易名為『大強財務』，礙於一些商業法律問題需要解決，才沒成事。他天天坐在我這間經理室裏，鵲巢鳩佔，我想起就氣忿難平，恨不得越獄出去殺死他。

「幸而，我在獄中認識了契爺，他是監獄常客，很照顧我，他教曉我忍耐，君子復仇，十年未晚，何況只是十四個月。他又教曉我如何表現得行為良好，例如信教，換取監獄官員的信任，提早獲釋。提早一日獲釋，我便可早一日展開復仇大計，不僅取回我失去的，還要奪取更多，包括仇人的性命。

「契爺是印尼華僑，因行騙入獄，同倉的人都不相信他的話，我卻跟他最投契，他每一句話我都相信，而他跟我說的，沒一句是假話。他告訴我他的妻子在峇里島山區長大，自幼家貧、孤單，沒朋友，沒玩具，獨個兒在山裏跑來跑去，常捉昆蟲玩耍，最熟識的是蟑螂，她有方法與蟑螂溝通，指揮牠們進退。乍聽起來，好像天方夜談，沒人相信他，只道他說故事騙人。唯獨我深信不疑，每晚躺在牀上，闔上眼便想像驅使蟑螂復仇，一口一口的咬吃死白粉強和白頭翁。

「後來，我與契爺因行為良好，提早出獄。那時，白粉強的勢力已經坐大，我回幫會只會被他騎在頭上。幫會不能回去，又沒本錢自立，遑論報仇，正感進退兩難，陸律師找我，他請我替他找殺手去殺掉鄧輝和情婦，條件是乾淨俐落，最好造成意外一般，沒人懷疑陸律師。我問明底蘊，於是推介蟑螂殺人，陸律師起初不信，後經契爺出面解說，他相信了，便給我們一筆錢作預備。

「契爺安排娥姐來港，她把幾顆蟑螂卵藏在衣物裏，順利入境。我們在元朗市郊找到一個荒廢的豬場，便租下來，稍為修葺改建，在那裏繁殖蟑螂，牠們粗生粗養，繁殖速度驚人，用廚餘餵飼，無需成本。我又在旺角租了一個小鋪位，賣熟食小吃，扮作改過自身，日夜監視白粉強，密謀復仇大計。

「到娥姐的蟑螂殺手可以出動，我便向陸律師多要一筆錢，擬好計劃，串通鄧輝的老婆，讓娥姐在鄧輝藏嬌的金屋裏小試牛刀。雖然結果跟預期有所出入，陸律師和鄧輝的老婆反而死掉，但蟑螂殺手的威力卻是出乎意料，猶幸娥姐在爆炸前的一刻，帶同蟑螂及時逃離屋子，我們既保存實力，又沒人知道娥姐和蟑螂大軍的存在，當然也沒警察相信鄧輝的口供。可惜，兩位還是相信了，才一路追查，直至今晚，我們在這裏碰面。」

大概作賊心虛，古大威交代作案經過時，一直垂頭盯着鞋尖，沒跟我們有任何眼神接觸，說到這裏，他才停下來，抬頭看看我們，目光閃爍不定。

師叔一直沉默不語，嘴巴抿成一線，雙拳緊握，勁透兩臂，像頭被敵人惹怒的大棕熊，隨時撲擊，把對方撕開兩片。

「我好奇問一句，你們如何在光天白日的旺角鬧市，驅使蟑螂襲擊白粉強和白頭翁？」我問。

問到他的復仇行動，古大威面露得意之色，轉頭望向窗外，鼓脹鼻翼，揚起下巴，說道：「我們利用那些窗門。財務公司的人一向忽略屋宇維修保養，那些窗門與窗框之間，有不少縫隙，足夠蟑螂穿過。另外，隔壁的單位長期丟空放租，移民海外的業主訂下的租金過高，一直租不出。我用錢收買負責的地產代理，名義上是讓我擺放貨物一星期，期間，他只要不安排準租客上門視察單位，便沒人知道娥姐把蟑螂收藏在那裏。娥姐拿沓里島上的地道材料，研製出不同的粉末，用作指揮蟑螂。我們又利用煎釀三寶的醬汁遮掩粉末的怪味，人類不察覺，卻無礙與蟑螂溝通。幹掉白粉強的過程最為順利，娥姐預先送一盒煎釀三寶給白粉強，白粉強吃不吃都沒關係，只要剩下幾滴醬汁已足夠導引蟑螂。動手時，娥姐打開空置單位的窗門，放出蟑螂，一壁之隔而已，蟑螂由窗過窗，進入這經理室，神不知，鬼不覺。至於對付白頭翁，就有點困難，娥姐不惜使出苦肉計，在電梯大堂假裝滑倒，打翻外賣盒，把醬汁弄污白頭翁的衣服，摑了他一巴掌，當然，那巴掌她不是白摑的，幾分鐘後，她的蟑螂殺手加倍奉還。」

「計劃果然周詳。」我取出手銬，「不妨告訴你，無獨有偶，我們也利用隔壁的空置單位，看來，我與你是收買了同一個地產代理。他發了一筆小財。我們在隔壁安裝儀器，監聽這經理室內的對話，這個時候，那儀器仍然運作呢！」

「權哥，我一向敬重你，不敢與你為敵，我可發誓，當日若果知道小莉是你的繼女，我絕不會出手幫助陸律師。」

「廢話，人已死，你說什麼也無濟於事。」我打開手銬上前拘捕他，「你要辯解，跟法官說吧。」

「等一等，沒錯，人死不能復生，權哥，我即使坐牢，亦不能改變事實，倒不如我們一起向前看。忘記背後，努力面前，一同打江山，從旺角開始，控制油尖旺，繼而過海，搶佔灣仔，不僅賺回失去的，還可賺取更多，連本帶利，當作補償。」

「算了吧。1997年以後，我不再屬於旺角。我中了白頭翁的詭計，不情不願地返回家鄉，落地生根。二十年後，你把我從家鄉拉回來，回到這個無根的旺角。我在這裏根本一無所有，亦不想再擁有什麼。現在，所有害死小莉的人，包括你在內，都罪有應得，我該抽身而退了。古大威，返回你的監牢，慢慢在鐵窗下度過餘生吧。這趟刑期不會是十四個月那麼短。」

「權哥……」

「走吧。」我推他離開大威財務公司，「外面有位沒手令的警察等候，她是重案組的張督察，你該認識的。」

「阿Wing，你先帶他出去，我找一件物件，物歸原主。」

「喂！我警告你，不要亂碰我的東西，你到底要找什麼？」

「你自身難保呀！這裏沒東西可帶進監牢陪你過世，你還管他找什麼？」

我知道師叔要找什麼。

但，不會告訴古大威。

6

翌日。

師叔把龍頭棍放在病牀左側的牀頭櫃上。

「阿權……」凌晨甦醒過來的白頭翁，乏力地抬起眼皮，瞧一眼龍頭棍，瞧一眼師叔。」

「不用多謝我，我不是給你的，你出院後代為交還龍頭老大吧。」

「不，阿權，我要親口向你說一聲對不起。」

「對不起？為了羅拔在澳門墜樓？」

「正是此事。當日龍頭老大跟我說了他的想法，並沒細節，也沒人選，我向他建議找你，他想了一會，同意了。老大心知肚明，一山不能藏二虎，為了拉攏我，他放棄你。阿權，儘管時光不能倒流，不過，假若當日我向老大建議其他人，你仍留在香港，日後的發展和際遇肯定不一樣，起碼，你不用屈就在鄉間，白白埋沒二十年。」

「正如你所說，時光不能倒流，過去的日子已追不回，缺席的際遇說不準，可能我坐上幫會第二把交椅，也可能早就橫屍街頭，至少我現在健健康康、龍精虎猛、沒病沒痛，生活過得不錯，也算是因禍得福。白頭翁，我們都一把年紀了，還爭什麼？還欠什麼？龍頭棍我留下，你交不交還老大，我不管。」

「老大得物無所用。你堅持留下，我便把它傳給韓鐵手。」

「你不要？」

「我不要了。前天我幾乎沒命，墜樓那一刻的驚恐，非言語所能形容，總之就是極之驚恐。今天我總算從鬼門關跑回來。雖檢回性命，但醫生告知，我的手腳骨折，脊骨多處受損，下半生的活動能力大受影響。我還可以不退嗎？」

「你把龍頭棍傳給韓鐵手，幫會的前景恐怕不敢樂觀。」

「幫會的前景樂觀與否，阿權，二十年前已經與你無關。」

「說的也是，都跟我沒關係。」師叔拍拍白頭翁的肩頭，「告辭，保重。」

「阿權，多謝你……」白頭翁握住師叔的手。

師叔反握一下，便抽身離開。

離開病房，離開醫院，離開香港。

7

師叔堅拒讓我送行。

我卻瞞着他偷偷的送行。不僅有我，還有秀雯督察、Ada和阿Ken。大家都覺得師叔不會再回來，應當送他一程。

師叔在旺角新填地街登上一輛開往元朗的十六座小巴。他年輕時，這種小巴只得十四個座位，老一輩的香港人習慣稱之為「十四座」。師叔坐在最後排的單人座位。我們駕車跟在後面，透過小巴的太平門玻璃窗，可以清楚看見他。不像其他乘客低頭玩手機，他頻密地瀏覽左右兩旁的街景，或許他真的不再回來，這一程車，可是他最後一趟看清楚「陌生」的旺角。

當小巴開上青山公路後，相信師叔更覺陌生。

他的頭一直側向左邊，吸引他注目的肯定是青馬大橋，1997年大橋開通時，他已「潛逃」內地，沒機會遠眺大橋全貌或坐車在橋上經過。

跟二十年前相比，青山公路變化極大，路面拉直擴闊，再沒飆車黨至愛的「死亡彎角」，兩旁又興建了多處豪宅區，不再是偏僻的山頭、海邊。

師叔一路上沒回頭，大概街景、海景看過便算了，不依戀，沒遺憾。當然，也有可能他不想回頭看見送行的人，免卻婆媽尷尬的場面。

我了解師叔的脾氣，開車前已跟他們説明白，只是送行，沒有道別。

走完一大段青山公路，師叔在屯門下車，轉乘開往深圳灣口岸的巴士。

巴士駛越另一道跨海大橋，抵達口岸，他走在人流之中，慢慢離境。

我們向邊防警員展示證件，走入特別通道，隔着單向玻璃牆，繼續送別師叔。

師叔來到「一地兩檢」區域，才回頭望了幾眼，眼神略帶失落。他失落，是因為看不見送行的人？抑或另有原因？

「我相信，他感到迷失。」阿 Ken 凝重地説。

「迷失？沒那麼誇張吧？」Ada 以一個測試體溫的手勢，摸摸阿 Ken 的前額，「過海關而已。」

「每次出入境，不管是國內或海外，我總有點迷失。試想想，當你跨過一條線或一個區，便是另一個境，需要立即調節、遵守另一套法規，例如左上右落變成右上左落，你不迷失嗎？」

「無病呻吟。」Ada 搖搖頭。

如果是這樣，師叔的迷失感可能更大。在他避居鄉下前，這類口岸，界線清晰，身分模糊，一邊叫華界，另一邊叫英界，在英界生活的人，既不是英國人，也不是中國人，如非本土出生，前往海外，拿的是「身分證明書」，並非主權國家簽發的護照。到了今天，情況剛巧相反，界線模糊，身分清晰，不管你是否心悅誠服，拿的就只有中國護照。

太複雜了，師叔即使感到迷失，亦不會放在心上，所以他只匆匆回望幾眼，便邁開腳步，穿越「一地兩檢」口岸，走向夕陽斜照的公車站，不再回頭。

人到黃昏，他已把昨天與傷感遺在背後，明天他會找到療傷之處。他的生命力依然強橫，不會隨便倒下。

送君千里，終須一別。我們的送行亦到此為止，因為離開口岸範圍，我們要另外辦理手續，多一事不如少一事。

我站在窗前，目送師叔登上一輛公車，沒留意車頭顯示屏的終點站，只想起古蒼梧的一首詩。

「咦，他又扮文青了，要吟詩呢！」Ada一臉厭棄。

「他吟詩總勝過罵人。」阿Ken笑道。

「吟什麼詩？」秀雯督察好奇地瞪大雙眼。

在沒有陽光的都市
我們都要像曇花
在最深沉的黑夜
綻開最燦爛的
嫣紅

那怕就只有那麼

一晚

那怕沒有什麼人會

知道

後記

梁科慶

按寫作時間，《Q版特工40　同門》本在《Q版特工39　解密》之先，出版卻在後。原因，《Q版特工40　同門》是懷舊之作，經線上溯上世紀六、七十年代，很多背景資料需要核實，才可落筆，若仍發現不符合當時實況的，就需要重寫。例如，關於澳門的酒店房間，初稿的場景設計是有露台的，及後有熟悉澳門的蘇曼靈小姐提醒，當時的酒店不設露台，牽一髮幾乎動全身，重寫那段，修改受影響的上文下理，無可避免。寫稿容易，修改費時，大大小小的重寫和修改，致使《Q版特工40　同門》延至7月後才交稿。

今年7月的書展，我入選主題年度作家，心情複雜。相隔兩年，再度在書展會場跟讀者見面、簽名、交流，尤其在「Q版特工的成長與承傳」講座上，與新知舊雨一同分享「Q版特工」的點點滴滴，很是享受。然而，香港的「己亥風波」因反修例引發，一發不可收拾，書展期間，銅鑼灣、灣仔、金鐘一帶示威處處，令人擔憂不已。

後記

8月之後，本該開筆寫作，但心情一直未能平靜，看書、寫作都不在狀態，新作進展緩慢。今晚，翻看《Q版特工 41》的初稿，不難找到當下的心境：

我為他倒了一大杯開水，放在茶几上，順便拿起茶几上的電視遙控器，開啟電視新聞台。這陣子，像病態一般，一有空便收看新聞報道、網上直播，把別的事情擱着，書也少看。

「我替你購票。」我跑到售票機前，只見機頂滿是紙幣和零錢。前面的人取票後，不僅沒拿取找贖，還擔心錢不夠，多放下一些，讓後面的人有錢購票。「幹什麼？」老先生看得傻了眼，「我十幾歲出來混，活了幾十年，經歷六七暴動，打過無數次街頭毆鬥，從沒見過這種暴徒。」

「讓他們在牆上貼幾張紙，作為宣洩不滿的渠道，破壞程度遠低於堵路、掟磚、縱火……五大訴求，缺一不可……老實說，不必五項，答應其中兩、三項，大部分香港人已經收貨。」白靈駐足閱讀，「徹查 721，全城緝捕……」

社會影響文學，文學回應社會，寫作人的初心從來就是這樣。